Einaudi Ragazzi

Storie e rime

487

Collana diretta da Orietta Fatucci



ISBN 978-88-6656-050-0

www.edizioniel.com

Luca Cognolato

BASKET LEAGUE

# Partita fuori schema

Illustrazioni di Matteo Piana

Einaudi Ragazzi

*A tutti i tiri sbagliati,*
*se sono serviti a qualcosa.*

# Partita fuori schema

## I
# Tiro libero

*Una volta la supplente di matematica ha provato a spiegare la forza centrifuga, prendendo come esempio una palla da basket. Alla fine dell'ora stava ancora scrivendo col gesso alla lavagna e nessuno aveva capito nulla. Con due tiri al campetto sarei riuscito a spiegarle persino lo spin.*

[da *Riflessioni a bordo aula* di Stekko]

Yoghi si sporse a guardare giú dalla finestra lo spiazzo tra la Biblioteca e l'entrata della palestra. Il suo ciuffo di capelli ondeggiò all'aria calda, mentre scrutava il cemento rovente in basso; rimise la testa dentro e bisbigliò all'amico nella saletta a soppalco della Biblioteca, che quel giorno era deserta: – Non ce la puoi fare, Grinta. Siamo al primo piano e le fessure del tombino sono troppo strette. Magari ti riesce dalla finestra del piano terra, ma qui scommetto quello che vuoi che non ce la puoi fare. Non provare a convincermi.

– Non voglio convincerti, babbeo. Voglio mostrarti che ce la faccio. Scommettiamo?

Fabio, detto il Grinta, guardò il compagno degli Sharks, il basket team di Porto Vecchio, che scuoteva la testa.

– Se tu avessi una mira del genere, ogni tripla ti andrebbe a canestro, invece non mi sembra che da queste parti tu sia conosciuto per essere un gran tiratore, – disse Yoghi.

Grinta, piú famoso per le sue parolacce che per le triple, ne fece partire una raffica, non proprio a voce bassa.

– Fabio, questo sei tu, vero? – urlò la bibliotecaria dal piano di sotto, completamente deserto.

– No signora Marta, viene da fuori. Ho aperto la finestra perché qui sopra fa molto caldo, – rispose il Grinta con voce angelica.

– Avete finito con i compiti? Chiudete la finestra che c'è l'aria condizionata. Vengo su a darvi una mano?

– Non si preoccupi signora, abbiamo anche domani, prima che inizi la scuola. E siamo a buon punto, – intervenne Yoghi, contemplando i quaderni e i libri che giacevano sopra al tavolo.

– Allora? Se ci riesco, quando Lev passerà qua sotto per venire da noi, tu gli sputi in testa. Andata? – propose Grinta, tendendo la mano.

– Ehi, piccoletto, mi stai dando una fregatura. Che scommessa è questa?

– Ma quale fregatura, se sei convinto che io non ci possa riuscire... e poi mica scommettiamo soldi, – tagliò corto il Grinta, sporgendo il viso dalla finestra. – Dài, ci provo prima che arrivi Lev. Sta' a vedere.

Grinta, senza aspettare una risposta, caricò la saliva in bocca e prese attentamente la mira, socchiudendo un occhio e usando la punta del suo naso come un mirino di precisione. Attese che l'aria tornasse immobile e fece colare un gocciolone di sputo tra le labbra appena socchiuse, come a formare una canna di fucile.

Il proiettile liquido scivolò via dalla sua bocca, precipitando verso terra.

Yoghi, piú alto del Grinta di tutta la testa, seguí la traiettoria dello sputo da sopra le spalle dell'amico, fino a vedere che s'infilava esattamente dentro a una delle fessure del tombino, senza macchiare di scuro il cemento.

– Centro! Ehi, ciccione, ho fatto centro, hai visto? Te le do io le triple, – gongolò Grinta, passandosi con signorilità due dita sulle labbra.

Yoghi dalla finestra ricontrollò il bersaglio, ma non c'era nulla di scorretto.

– Adesso tieniti pronto, perché Lev è appena uscito dalla cartoleria e tra pochi secondi passerà sul marciapiedi qua sotto, diretto all'entrata della Biblioteca –. Grinta si strofinava le mani, pronto a godersi la scena. – Mi raccomando, un centro perfetto sulla testa.

– Non vorrai sul serio che sputi in testa a Lev?! È uno degli Sharks.

– Una scommessa è una scommessa.

Yoghi si preparò a malincuore, sporgendosi appena dalla finestra.

Lev, il loro compagno di squadra dall'italiano incerto, svoltò l'angolo, pronto a infilarsi nel sottoportico che portava alla Biblioteca, non sospettando minimamente che due cecchini senza pietà lo stavano tenendo d'occhio.

– È quasi a tiro, – bisbigliò Grinta. – Ancora pochi passi, pronto?

Yoghi fece partire lo sputacchio, preciso e perpendicolare alla testa di Lev, ma questo, all'ultimo momento, fece un passo indietro per controllare un manifesto attaccato al palo della luce.

Una macchia scura comparve, con un suono strano, sul bordo del tombino.

– Mancato. Riprova, che non si è accorto di niente, – ordinò sibilando il Grinta.

Yoghi faticò a ricaricare, per via dell'emozione, ma quando fece partire il secondo sputo Lev si spostò inaspettatamente di lato, con un ossequioso «buongiorno».

Yoghi e Grinta si ritirarono come due fulmini, con gli occhi sbarrati e le facce pallide.

Quando Lev salí le scale trovò i libri ben chiusi sopra al tavolo, accanto ai quaderni ad anelli, ma nessuna traccia dei suoi amici.

– Ehi, che scherzo che fai? E voi dire che io viene qui e mi aspetti e invece scappati via, – brontolò Lev nel suo italiano molto originale.

– Ehi, pssss, – lo richiamò il Grinta, spuntando da sotto al tavolo. – Sei da solo?

– Certo che da solo. Lí giú, voi due, che fare? – anche Lev si accucciò sotto al tavolo, trovandosi faccia a faccia con Yoghi, che dava l'impressione di essere sull'orlo dello svenimento.

– Lascia stare le domande. Non è salito nessuno con te? – chiese Yoghi.

– No, ma qui sotto prof di matematica colpita da cacca di colombo, proprio su crania –. Lev si piantò un dito sulla sommità della testa. – Una scena di ridere. Ma io non potuto, perché lei poi arrabbia.

– Dài Yoghi che non ci ha riconosciuti, è impossibile, – Grinta cercò di convincere l'amico.

– Ho sputato in testa alla prof di matematica! – Yoghi lo fissò ancora piú spaventato.

Mancavano due giorni all'inizio dell'anno scolastico, ma lui sapeva già con certezza che sarebbe stato bocciato e avrebbe dovuto rifare la terza.

Un'idea simile era venuta anche a Frego, Veleno e Ciccio, che se ne stavano seduti sullo schienale della panchina dall'altra parte della strada, in attesa che passasse qualcuno con cui prendersela.

## II
# Ritrovo di galeotti

*Errori? Be', ne ho fatto qualcuno, ma mi sento bene, perché ho sempre cercato di rimediare, in qualche modo.*

[da *Okay, confesso* di Paolo, o forse Pietro]

Dopo aver aspettato almeno venti minuti nascosti in Biblioteca, i tre uscirono e si avviarono circospetti verso casa, prendendo per una stradina secondaria e poco battuta.

– Com'è andata la tua vacanza, Lev? – chiese Grinta, mentre Yoghi restava chiuso nel suo spaventato mutismo.

Durante l'estate Lev era tornato assieme alla famiglia in Lituania, per visitare amici e parenti.

– Casa è sempre casa. Io sarei rimasto là, ma devo insegnare a voi gioco di basket, poveri scarsi. E cosí tornato per amici Sharks, – ridacchiò Lev, dando un paio di spallate ai due che gli camminavano a fianco. – Voi, a *Camp Basket Avventura*, tutto bene?

– Abbiamo tantissime cose da raccontarti

dell'*Adventure Basket Camp*. Intanto abbiamo ritrovato Checco. Suo padre lo ha perdonato per aver dato fuoco al club di Sédar e lo ha riportato a casa. Niente piú collegio, – iniziò Grinta.

– Io so tutto di Checco perché letto sms di Stekko e di altri. Racconta me di altre cose, – lo interruppe Lev.

– Proviamo a passare davanti a casa di Checco, – propose Grinta, – cosí vediamo se il nostro galeotto è già tornato.

Decisero quindi di allungare ancora di piú il tragitto del rientro, per un rapido controllo a casa di Francesco detto Checco.

Le imposte però erano abbassate e non c'era traccia degli occupanti. Proprio davanti al cancello incontrarono i due gemelli, Pietro e Paolo, che sfoggiavano due maglie quasi identiche di Michael Jordan.

– A proposito di carcerati, guardate chi c'è qua –. Grinta, come saluto, li scosse violentemente per le spalle. – Ma vi siete vestiti uguali stamattina?

– Ehi, brutta gente, ma non vi avevano mangiato gli orsi al campeggio? – scherzò Paolo che trasportava un enorme sacchetto pieno di panini appena sfornati, cercando di non inciampare.

– Nessun orso. Solo una mucca ha cercato di mangiarsi Fiacca, ma l'ha trovato di sapore tremendo. E voi, finito il castigo? – disse Grinta, mentre Yoghi lanciava occhiate fameliche al contenuto del sacchetto di carta.

– Ci siamo comportati benissimo al mare e adesso la faccenda delle birre è stata dimenticata. Siamo due uomini liberi –. Pietro allontanò il fratello dal raggio d'azione di Yoghi, per tenere al sicuro il pane. – Anche se la zia ha rischiato d'impazzire per colpa degli scherzi di quello scemo di mio fratello.

– Ehi, attento a come parli, testa vuota. Chi è che si è messo a prendere in giro i rugbisti pallidi? A momenti quei tedeschi ci legnavano tutti e due.

– Anche tu li hai trovati simpatici, alla fine. E comunque erano inglesi, – chiarí Pietro.

– Piuttosto, raccontateci del campeggio. Sédar e Checco si sono picchiati? Com'erano le altre squadre? E gli istruttori? E che cos'è questa faccenda degli Spartani... – cominciò Paolo, ma nessuno riuscí a rispondergli perché in quel momento era comparsa la piú brutta bicicletta nella storia dell'umanità: un ferrovecchio a strisce verdi e arancioni, con sopra Fiacca che sorrideva, mettendo in mostra l'apparecchio per i denti.

– Ehi, gente, è arrivato il vostro *one man team*! Non sapete cosa vi siete persi a non venire al campeggio, voi tre, – urlò Fiacca raggiungendoli.

– Ci stavano raccontando le cose piú raccapricciacianti, – rispose Pietro.

– Si parlava appunto di una mucca assassina, – disse Paolo, ma Fiacca fece finta di non aver sentito.

– Allora, cos'è successo qui a casa, mentre gli Sharks erano in giro? – chiese Fiacca.

– Tutto tranquillo, perché non c'era nessuno dei nostri qui. Anche Otto per Otto, il coach, è andato in vacanza: a pesca per una settimana, – disse Pietro. – Ma la settimana prossima si riprende con il primo allenamento: gli Sharks tornano in campo.

– Mia sorella dice anche ragazze allenano in scuola di centro città. Anche Rapida Porto Vecchio gioca, questo anno, e fanno torneo di femmine. Sicuro, – annunciò Lev.

– Torneo femminile, – borbottò tra sé il Grinta. – Puah!

– È bello avere una sorella, cosí puoi sapere un sacco di cose. A proposito, Lev, sai se la sorella di Calvino si è fatta vedere in giro? Ylena ti ha detto niente? – Fiacca prese Lev sotto braccio, con fare da cospiratore, ma l'altro scosse la testa.

Lev ricordava benissimo che Fiacca si era preso una bella cotta per Tweetams, la sorella di Alvin, e proprio per questo cercava di tenersi fuori da tutta la faccenda.

– Qualcuno ha visto Stekko? – chiese Paolo che, preso da compassione, aveva ceduto un panino a Yoghi.

– In questi giorni non è proprio di buon umore. Nessuno sa perché, ma da quando è tornato a casa è meglio lasciarlo stare, – disse Grinta.

– Lasciarlo stare? – si stupí Fiacca. – Non dirai sul serio. Corro ad avvisarlo che questo pomeriggio ci troviamo tutti al campetto per fare due tiri di riscaldamento. Va bene a tutti alle due?

– Alle due? Moriremo di caldo, è troppo presto, – si lamentò Pietro. – A quell'ora l'asfalto bolle.

– Okay, hai ragione. Allora tutti al campetto alle due e un quarto! – Fiacca partí a razzo, con la sua famosa pedalata sghemba, tutto sbilanciato verso il terreno. – E scoreggione chi arriva ultimo.

## III
# Stanza per veri uomini

*Il rettangolo dell'area, quella piccola parte del campo da basket, è casa tua e la devi difendere a tutti i costi dagli avversari che arrivano da ogni parte. Loro sono i nemici e non devono fare canestro. È la prima regola assoluta del basket: se non ti fanno nemmeno un canestro, ti basta un solo colpo di fortuna e hai vinto.*

[da *Prima regola assoluta* di Checco]

Mentre Fiacca partiva, destinazione Stekko, il gruppetto si sciolse e Yoghi si trovò da solo a coprire gli ultimi quattrocento metri fino a casa.

Camminò a testa bassa, continuando a vedere nella sua mente il telefilm al rallentatore di lui che sputava in testa alla prof. Nel suo personalissimo filmato, lei alzava la testa e lo riconosceva. Seguiva quindi un trailer del secondo episodio, dove una giuria pensava a qualche terribile pena e lui sedeva in attesa della condanna. Quando rialzò la testa, per prendersi un ciuffo di capelli tra le dita, nel tentativo di far sparire tutto il nervosismo, si accorse di essere arrivato davanti a casa.

Sul terrazzino c'era Tommaso, suo fratello piú piccolo, con una maglia degli Spurs, e appena lo vide schizzò dentro. Yoghi salí le scale di corsa, come un bisonte infuriato.

– Ciao Matteo, lavati le mani che è quasi pronto... ma dove corri? – Sua madre si voltò verso la porta d'ingresso con in mano il cucchiaione di plastica rossa con cui stava mescolando l'insalata di riso.

Pochi secondi piú tardi dalla camera dei ragazzi si udirono urla e i rumori di una fuga precipitosa, seguiti dalla porta del bagno che sbatteva.

– Ma ti sembra modo di entrare in casa? – chiese il padre di Yoghi, accompagnatore ufficiale della squadra degli Sharks, facendo schizzare via uno dei cetriolini che stava affettando.

– Quel piccolo mostro ha di nuovo preso una delle mie maglie. L'ho visto che stava sul terrazzino. Ma io lo strangolo prima che inizi la scuola, cosí non sarà nemmeno necessario che lo boccino –. Yoghi, fuori di sé, urlò alla porta chiusa. – Apri, schifezza umana! Non puoi stare chiuso in bagno per tutta la vita: ti verrà fame, prima o poi.

– E a te scapperà la pipí, prima o poi, e dovrai chiedermi per favore di aprire, – urlò Tommaso.

– Lo uccido. Perché non mi avete fatto figlio unico? – Yoghi schiacciò il suo ciuffo contro il vetro della porta del bagno.

– Andavate cosí d'amore e d'accordo una volta, cos'è successo? – si lamentò la madre dalla cucina, mentre suo padre si avvicinava a Yoghi per riportarlo in sala da pranzo.

– Matteo, abbi un po' di pazienza. Tra poco sarà pronta la tua camera e dormirete separati, con due armadi divisi e in due letti lontani. Tommaso è nervoso perché manca pochissimo al suo primo giorno di scuola.

– Mi piace la parola «separati». Ripetimi anche «letti lontani» per favore, papà.

Suo padre gli scompigliò i capelli, pensando

a come il suo studio si era trasformato in pochi giorni nella seconda stanza da letto per i figli. Una scelta obbligata, visto che ormai Matteo era diventato grande.

– Avrai una stanza tutta per te, una stanza da vero uomo –. Suo padre gli sorrise.

– Digli che, se continua a rubarmi le magliette dai cassetti, farà un solo giorno di scuola e sei mesi di ospedale, – minacciò Yoghi, mentre da dietro la porta del bagno arrivava la voce del fratello che gli urlava «buffone», ma lui non lo sentiva piú, per effetto delle parole di suo padre e anche per via di certi mini tramezzini che erano comparsi sul piatto degli antipasti.

– Uno solo, perché stiamo aspettando il nonno, – lo avvisò suo padre, prima di tornare ad affettare i cetriolini per l'insalata di riso.

Yoghi fece sparire velocemente due tramezzini, tanto erano mini, nella sua bocca capiente, prima di esprimere a voce alta quanto erano buoni.

– Me ne mangio un altro, scelgo questo con le carotine o magari uno con il tabasco... no, prenderò questo che ha la crema di formaggio che piace tanto al mio fratellino chiuso in bagno.

– Mamma, Matteo si mangia tutto l'antipasto! Aiuto, fermatelo! – urlava inutilmente Tommaso, da dietro la porta.

– Chi bisogna fermare?

Il nonno di Yoghi, grande appassionato di basket e tifoso della prima ora degli Sharks, era appena entrato, senza che nessuno se ne accorgesse, e aveva salutato il nipote piú grande con un colpo di giornale arrotolato in testa.

– Ahia! – si lamentò Yoghi.

– Quante storie, con tutti i capelli che hai. Cosa vuoi aver sentito sotto quella parrucca? Quando te li tagli? E poi non ci sono piú le riviste di una volta: guarda qua, che miseria, saranno forse venti pagine. Con quello che costa. L'ho portata per te.

Yoghi lo ringraziò sorridendo e si tuffò sul divano a leggere, dimenticandosi persino della professoressa di matematica.

– Puoi uscire a salutarmi adesso, Tommasino, tuo fratello sta leggendo dei grandi campioni NBA e può perdonarti, almeno per una ventina di minuti. Fidati di tuo nonno. Cosa si mangia in questa casa?

IV

# Temperatura campetto

*Quando ricevi, devi aver già deciso a chi passare o se vuoi andare a canestro. Non puoi guardarti intorno con il pallone in mano e gli occhi sperduti di un anatroccolo. Tu sai già cosa fare prima ancora di stringere le dita attorno alla palla. È l'oroscopo del basket e funziona decisamente meglio delle scemate che si leggono sul giornale.*

[da *Ho letto nelle stelle* di Lilian]

Il campetto del patronato era un rettangolo di cemento, stretto tra un muro di mattoni e una rete metallica, con due canestri, non perfettamente allineati, righe sul terreno un po' balorde e un'infinità di scritte e di graffiti ovunque. D'inverno era sempre gelido, perché un vento tagliente s'infilava da nord e trasformava il sudore in ghiaccio quasi istantaneamente. D'estate le ondate di calore che lo percorrevano, da canestro a canestro, facevano tremare l'aria e lo vaporizzavano.

In qualsiasi stagione si fosse, arrivavano attutite le voci sgraziate dei calciatori dal campo di fianco, proprio dietro alla chiesa.

Yoghi, convinto di essere il primo, alle 14 e 16 minuti fece il suo ingresso, ma trovò Stefano che stava già palleggiando nell'angolo piú lontano, dove le foglie di una betulla di un giardino confinante disegnavano una chiazza d'ombra.

– Ehi, Stekko, sei da solo? Il nostro miglior play si prepara all'inizio della nuova stagione?

Per tutta risposta uno dei due play degli Sharks gli fece un passaggio teso e veloce.

– Spero tu ti sia portato dell'acqua, molta acqua, perché ti farò sudare, – lo minacciò Yoghi, togliendosi la maglietta e appendendola alla rete.

– Niente partita, fa troppo caldo. Facciamo un giro? Si parte da sotto canestro con un gancio sinistro, okay?

– Si parte con un gancio destro, lo vuoi insegnare a me, Stekketto? A me che ho inventato il giro?

Yoghi si mise in posizione, sfoggiando un'abbronzatura a due colori che rivelava in maniera inequivocabile l'uso estivo della canottiera, e fece il primo punto.

– Ehi, avete già iniziato? – protestò il Grinta, entrando in quel momento assieme a Lev, che già si sfilava la maglia.

Yoghi continuò ad avanzare, un tiro dopo

l'altro, senza badare a quello che succedeva attorno a lui.

– Mettersi in coda, perché sento che non sarà facile battere Yoghi oggi, – li avvisò Stekko. – Ovviamente per voi, perché io ho intenzione di doppiarlo prima che riesca a finire il suo giro.

– Allora ti è passata la luna. Finalmente sei tornato lo Stekko di sempre –. Grinta gli colpí una spalla con una breve scarica di pugni. – Cominciavo a preoccuparmi.

– Potenza del grande basket. E sono qui per insegnarvelo, pivelli, – rispose Stekko con un sorriso.

– Ma bene, si gioca a giro col rischio? – chiese Paolo, facendo la propria entrata in campo seguito dal gemello, prima di sfilarsi la maglia dalla testa.

Yoghi arrivò in lunetta e sbagliò il tiro. Quando si voltò, si accorse che una fila di cestisti a petto nudo lo aveva quasi circondato.

– Era ora, passa un po' la palla anche a noi –. Grinta allungò le mani verso Yoghi.

– No, rischio! – rispose quello, preparandosi al tiro extra, con la possibilità nefasta di dover ricominciare da capo.

Il primo giro li impegnò per dieci minuti buoni, con una serie di «rischio» che rimise in gara anche quelli che erano stati distanziati, dando cosí al gioco un carattere di estrema imprevedibilità.

Ci fu un'interruzione all'arrivo di Tecno, che fu accolto da un coro di «scoreggione, scoreggione» per essere arrivato in ritardo.

Lui si limitò a guardarli sorridendo e si risistemò sul naso gli occhiali tenuti assieme da alcuni giri di nastro adesivo.

– Mi sa che dovresti prendertene un paio nuovo, – commentò Grinta, sistemandosi in lunetta per il suo turno di tiro.

– Grinta, sei tutto storto! Devi caricare sopra alla spalla, non fuori, non è mica lancio del disco, – intervenne Yoghi, mentre il compagno colpiva il tabellone e mandava la palla molto lontano dal canestro.

– Sentitelo, il mulo sapiente! – Il Grinta guardò sconsolato il pallone che rotolava in mezzo al campo. – È solo sfortuna e quindi niente rischio. Allora Tecno, quando li cambi? Mio cugino ha un negozio di ottica, se ti interessa.

– Ho pensato di mettermi le lenti a contatto per giocare, ma mia madre non è d'accordo.

– Lenti a contatto? Sí, mio cugino vende anche quelle. Ti faranno sembrare piú uomo.

All'arrivo di Fiacca, con quasi un'ora di ritardo, si alzò un lungo coro di «Fiacca scoreggione», accompagnato dal lancio di alcune magliette sudate e puzzolenti, mentre i compagni assaltavano la sua bici.

Le urla «scoreggione-scoreggione-scoreggione» crebbero d'intensità, tanto che un paio di calciatori si affacciarono sulla porta del campetto per vedere chi fosse l'eroe del giorno, seguiti persino da due bambine piccole.

– Smettetela, smettetela subito! – urlò Fiacca, preoccupato che una fama non gradita si diffondesse per tutto il paese.

Gli altri smisero, solo Tecno, fattosi trascinare dall'entusiasmo, continuò per un altro paio di urlate da solo.

– Ehi, tu, guarda che ci metto niente a chiamare Ciccio, Alvise e Frego. Hai nostalgia? – lo bloccò Fiacca, mentre il compagno si zittiva di colpo, ricordando i tre bulletti della locale squadra di calcio che lo avevano perseguitato l'anno precedente.

– Allora, siamo qui per giocare o per prendere in giro Fiacca? Tanto è sempre in ritardo... – Yoghi riprese la palla e ritornò sotto al canestro a tentare gli ultimi due tiri.

– Ecco fatto. Adesso mi resta l'ultimo, il gancio di sinistro... – disse Yoghi.

– Gancio da fermo, – lo avvertí Stekko, che lo stava tallonando. – I piedi devi tenerli giú, sul terreno, altrimenti non è valido.

– Oh, ma c'è anche Stekketto. Passata la luna? – Fiacca si sfilò la maglia e con quella cercò di mollare un paio di frustate alle gambe dell'amico che stava palleggiando.

– Stai fermo, che te la faccio mangiare quella maglia puzzolente. Lasciami tirare! – E fece partire un buon tiro, caricando perfettamente sulle gambe.

– Quando è il mio turno? – chiese Fiacca, flettendo le ginocchia come riscaldamento.

– Tu di dietro stai. Aspetti che finiamo questo di giro, – gli disse Lev.

– Ma no, se devo aspettare la fine non giocherò mai.

Invece il giro finí molto presto, grazie a una sequenza di tre tiri fortunati di Grinta, che gli fece sorpassare un allibito Yoghi.

– Ehi, parruccone, ci sei rimasto male? – lo derise il Grinta.

– Ehi, piccoletto, stai attento a come ti muovi. È stata solo fortuna, la tua.

In quel momento erano comparse anche tre ragazze della Rapida. In testa al gruppetto Rebecca, con un pallone nuovo di zecca e l'espressione sicura di chi è pronto a vincere.

– Selvaggi, se il caldo non vi ha cotto, che ne dite di una partita vera? – disse la ragazza, palleggiando con la sinistra.

– Se non avete paura di perdere come al solito, – aggiunse la sorella, che era comparsa alle sue spalle. – Abbiamo anche portato un pallone vero, non come quella cosa tutta consumata che avete là.

– Ciao Silvia, ciao Rebe, – le salutò il Grinta, ben sapendo che le due ragazze avevano un gioco potente e bisognava sempre dividerle, quando si decidevano le squadre. – Okay per la partitina.

– Ehi, ci sono anch'io. Ciao ragazzi, – salutò con un gridolino Anna, che malgrado il caldo portava al collo una sciarpina di seta. – Ma non eri via, Fiacca?

Fiacca fece finta di non aver sentito le parole di Anna, perché si era inventato di dover andare al mare con i suoi. Si diresse verso Silvia per provare il pallone nuovo.

– Per fortuna c'è anche lei, che è la negazione del basket, – sussurrò Grinta a Yoghi, senza farsi sentire da Fiacca, perché non era ancora chiaro se ci fosse qualcosa tra i due.

– Allora facciamo le squadre, senza perdere tempo. Basta bere, Yoghi, torna in campo che ci dividiamo. Sorteggiamo a caso. Pari o dispari? – chiese Grinta, mettendosi davanti ad Anna.

– No, è meglio se il sorteggio per le squadre lo facciamo tu e io, Grinta. Io pari, – disse Silvia fulminandolo con un'occhiata terribile dei suoi occhi azzurri.

– Dicevo per dire, – cercò di scusarsi, ben sapendo che aveva sperato di ottenere cosí una squadra piú forte.

Silvia si passò la punta delle dita tra i capelli corti e biondissimi. – Pari, okay?

– Ehi, non si possono fare due squadre, perché siamo dispari: siamo undici, – protestò

Fiacca che, allarmato, stava guardando i presenti.

– Ma no, siamo in dieci, – lo corresse Tecno, che lo aveva anticipato con un velocissimo conteggio.

Quando erano entrate le ragazze, Stekko aveva preso la sua maglia e, senza che nessuno lo notasse, se ne era andato in silenzio.

V

# Matematica

*Sommiamo l'area del quadrato ipotetico, costruito sulla distanza tra la lunetta e la base del canestro, con il quadrato che potrei costruire prendendo come lato l'altezza del canestro da terra. Poi ne estraiamo la radice quadrata, dovremmo allora ottenere il tragitto minimo che può fare il pallone, durante un tiro libero, per andare a canestro. Minimo perché di solito è piú lungo, per via della parabola che bisogna dargli. Ma in linea di massima prof, questa che ho disegnato alla lavagna potrebbe essere un'applicazione del Teorema di Pitagora.*

[da *Un tentativo di applicare la geometria al basket* di Tecno]

Yoghi non era mai stato cosí attento in classe come durante la prima lezione di matematica, il secondo giorno di scuola. Il giorno precedente si era sistemato in primo banco e, dal momento in cui la prof aveva sistemato il registro aperto sopra alla cattedra, non aveva smesso di fissare avanti a sé.

Durante l'appello era stato attentissimo a cogliere qualsiasi sfumatura di accusa, quando aveva sentito pronunciare il suo nome e cognome.

– Guarda Yoghi, sembra sia stato congelato. Non sbatte nemmeno le palpebre, – disse Fiacca a bassa voce.

– Sta soltanto cercando di seguire. Ti ricordo che a fine anno avevi una paura bestia di essere bocciato, te lo sei dimenticato? – rispose Stekko, a voce piú bassa.

– Ma seguire cosa? Finora la prof ha solo fatto l'appello, non è che deve impararsi i nomi, è tutta gente che conosce già: siamo gli stessi dell'anno scorso. Secondo me si è innamorato della vecchia, – concluse Fiacca.

– Mattia, c'è qualcosa che devo sapere? – chiese la prof, alzando improvvisamente lo sguardo dal registro.

– Tutto okay, prof, – rispose Fiacca, sforzandosi di non arrossire.

– Bene, perché tra poco dovrebbe arrivare un compagno nuovo e dovremmo trovargli un posto. Stefano, spostati qui in primo banco... accanto a Matteo.

– Ma prof, perché lo sposta? Non stavamo disturbando, – cominciò a protestare Fiacca, ma Stekko gli fece cenno di tacere. La prof Robelle era conosciuta in tutta la scuola come una che non accettava né critiche né commenti. Voleva che durante l'interrogazione gli studenti ripetessero la lezione esattamente con le stesse parole, i problemi con lo svolgimento che lei aveva in testa e niente altro. Persino i suoi colleghi la trovavano odiosa.

Aveva già sollevato la Bic blu, puntandola verso Fiacca, quando qualcuno bussò alla porta.

Era un ragazzo molto alto, quello che s'infilò nell'aula stringendo un foglietto bianco tra le dita, con le guance costellate di brufoli e i movimenti impacciati.

– Ecco il vostro nuovo compagno, – annunciò la prof alla classe, prima di controllare il comunicato della Segreteria. – Tempismo perfetto... Giovanbattista Zillo. Siediti accanto a quello là, a Mattia.

– Mi mettono accanto un pluriripetente. Ma quanti anni ha? Deve essere venuto in macchina, di sicuro è maggiorenne, – si lamentò Fiacca, rivolgendosi a bassa voce a Stekko che aveva appena finito di raccogliere il suo zaino e già si dirigeva verso i primi banchi.

Durante la successiva ora d'inglese, Yoghi e Stekko confabularono a bassa voce, fingendo di seguire sul libro un ridicolo dialogo tra un postino di Londra e un verme blu che viveva nei giardini reali.

– Psst, Fiacca –. Stekko cercò di richiamare l'attenzione dell'amico che, in ultimo banco, accanto a un attentissimo Giovanbattista, sembrava essersi addormentato.

Sul foglio che Yoghi sventolava, tenendolo basso dietro al banco, c'era il disegno di tre giocatori di basket e il piú alto dei tre assomigliava al nuovo arrivato.

– Allenamento di domani. Chiediglielo –. Stekko cercò di articolare in modo chiaro le parole, senza emettere alcun suono, ma Fiacca fece segno di no e, infilato il naso quasi dentro al libro, cominciò a scuotere la testa in maniera esplicita e a toccarsi la tempia con un dito, facendolo roteare.

– Mi fai leggere, che non ho il libro?

La domanda del nuovo compagno prese di sorpresa Fiacca, che in quel momento stava dando il suo giudizio proprio sulla sua sanità mentale, e gli fece fare un balzo sulla sedia.

– Mattia, prova un po' a leggere, vediamo se te la cavi meglio con i vermi inglesi che con i verbi, – intervenne pronto l'insegnante, che lo stava tenendo d'occhio da qualche minuto.

– Amo il senso dello humour di quest'uomo: che battuta, – commentò sarcasticamente Fiacca, prima di iniziare la lettura.

Al termine delle lezioni, quasi tutti gli Sharks si ritrovarono fuori, sotto l'albero del giardino, dove di solito i bulli appendevano la borsa degli studenti del primo anno o lo zainetto di Tecno. Questo ovviamente prima che si spargesse la voce che anche lui faceva parte degli Sharks.

– Stekko, non stavi dicendo sul serio prima, vero? Hai sbagliato disegno o hai cambiato le parole: non puoi volere che Giangaleazzo venga a giocare con gli Sharks! In disegno hai sempre fatto schifo e comunque quello è di sicuro un pregiudicato... se solo Otto per Otto gli ordina di fare un suicidio per punizione, lui prende e si ammazza, o uccide qualcuno –. Fiacca stava cercando di far ragionare Stekko e Yoghi.

– Si chiama Giovanbattista e comunque non ha mai aperto bocca. Come fai a sapere che è un tipo pericoloso? – chiese Stekko.

– Dài, quello è parecchio alto, ci sarebbe utile. Hai visto le altre squadre che stangoni mettono in campo? – aggiunse Yoghi.

– Ma da quando in qua l'altezza è importante per giocare con gli Sharks? Per noi hanno sempre contato la tecnica e la voglia di vincere, il senso di appartenere a una squadra... – iniziò Fiacca.

– Okay, siamo d'accordo con te, ma allora non c'entrano nemmeno i brufoli o il fatto che non ti piaccia il suo nome, o che uno preferisca starsene zitto invece di blaterare sempre come fai tu, – lo bloccò Yoghi ridendo. – Io dico di prenderlo in squadra.

– Con voi non si può parlare. Grinta, Grinta, amico mio, ascoltami. Ti sembro un tipo che non ragiona?

Grinta, appena arrivato sotto l'albero, si era seduto accanto all'amico e adesso lo guardava incerto sulla risposta da dare.

– Vedi quello che va verso la fermata dell'autobus? Lo vedi? Questi due vogliono chiedergli di venire domani all'allenamento degli Sharks, senza nemmeno sapere che tipo è. Magari è un criminale e ce lo portiamo in casa –. Fiacca lanciò lontano un pezzo di ramo che gli pungeva il sedere.

– Non è ancora uscito Checco? – chiese Tecno avvicinandosi al gruppo. Aveva uno zaino nero nuovo di zecca, troppo pieno per il secondo giorno di scuola, ma con una bella sagoma di skater e il tag SKZ spruzzato sopra con l'aerografo bianco.

– E lo zaino da dove esce? – chiese Stekko ammirato.

– Me l'ha portato mio padre da Berlino, figo vero? – Tecno si beava dell'inatteso momento di gloria davanti agli amici. – Gli SKZ sono un gruppo di skaters, roba dura.

– Mai quanto la testa di Fiacca, – scherzò Yoghi. – Ehi, guardate là: Silvia, Rebe! Siamo qui.

Stekko ebbe un sussulto. Da quando era tornato dal camp estivo non aveva piú rivolto una parola a Silvia e lei non lo aveva cercato. La scena che gli era rimasta impressa nel cervello era quella di un ragazzo mai visto prima che scherzava con lei, entrambi seduti al tavolino all'aperto del bar, proprio il giorno in cui lui era tornato a casa. Ecco perché lei non aveva risposto ai suoi sms: aveva altro da fare. Quell'immagine gli aveva impedito di chiedere qualsiasi spiegazione, tanto era tutto cosí evidente.

Le due sorelle fecero il gesto di attraversare la strada e di piegare verso il giardino della scuola, ma poi all'ultimo momento notarono Stekko e si limitarono a fare un gesto con la mano, prima di proseguire.

– Ma che gli prende a quelle due? – brontolò il Grinta. – È successo qualcosa?

Tutti si voltarono verso Stekko, ma lui continuò a far finta di ammirare lo zaino nuovo di Tecno.

VI

# Il primo allenamento di una nuova stagione

*È il primo allenamento di settembre che mi fa sentire che è iniziato un nuovo anno. È come se fosse capodanno: faccio i propositi per l'anno nuovo e spero di non venire bocciato nemmeno una volta prima di entrare in NBA.*

[da *Le cose che non vi ho mai detto* di Fiacca]

Il primo allenamento della stagione è un momento magico. Yoghi era arrivato presto perché voleva essere da solo mentre metteva piede in palestra, nel silenzio far rimbombare il rumore del suo palleggio e respirare a pieni polmoni l'aria di un nuovo anno. Solo là era possibile sentire quel profumo di sudore vecchio e di palloni nuovi.

Mosse alcuni passi, provò le scarpe appena acquistate, ancora integre, ne ammirò la punta perfettamente nera e lucida, senza nemmeno un graffio. Sapeva per esperienza che prima dell'arrivo dell'estate sarebbero state sul punto di disintegrarsi, specialmente là dove il suo alluce premeva per forarle a causa della crescita irrefrenabile dei suoi piedi. Ma adesso erano perfette.

Un passo, un altro e poi un palleggio, per sentirne l'eco che rimbombava prigioniero tra le pareti.

Gli Sharks adesso diventavano Under 15. Non avrebbero piú incontrato squadre di bambini, tra poco si sarebbero trovati a giocare con quelli delle superiori. Le dita dei piedi cominciarono a pizzicargli al solo pensiero del nuovo campionato. Partí palleggiando verso il canestro opposto, si sentí a casa dentro al suo corpo. Un cambio di mano e salí da sinistra verso il tabellone: perfetto.

– Bravo Yoghi, non hai perso il tocco durante l'estate. Un bel centro, puro stile Ateniese, come all'*Adventure Basket Camp*.

Sédar, muovendo lentamente le lunghe gambe, si stava portando sotto all'altro canestro. Sotto la pelle lucida e nera aveva muscoli sottili, la metà di quelli di Yoghi, ma quando scattava era difficile stargli dietro e il suo tiro era molto preciso. Ovviamente quando non credeva di essere un campione NBA, perché allora faceva delle schifezze da vergognarsi.

– Tutto «oc»? – Yoghi gli si avvicinò; il momento magico era finito.

– Tutto a posto. Non vedevo l'ora di ricominciare con gli allenamenti, visto che mi sono già bastati questi primi giorni di scuola per stufarmi. Scarpe nuove?

Yoghi fece di sí con la testa, invidiando quelle che Sédar aveva ai piedi, e mentre si scambiavano un cinque gli scappò detto: – Quest'anno siamo Under 15. Fine del minibasket. Non siamo piú bambini.

– Fine, – rispose Sédar con un sorrisetto, come a dire che solo pensare una cosa del genere voleva dire che non era del tutto finito quel periodo.

Yoghi si pentí subito dell'uscita e cercò di sviare l'attenzione, provando dei tiri dall'angolo. Sédar rimase a osservarlo con lo stesso sorrisetto, facendo ruotare la palla sull'indice.

Per fortuna un po' alla volta arrivarono anche gli altri, eccitati e felici, e corsero a prendere un pallone nella gabbia accanto al tavolo dei giudici.

Quando entrò Checco rimase un po' in disparte, col pallone in mano, senza decidersi a fare un palleggio o tentare un tiro. Non aveva il cerotto a coprire il piercing all'orecchio, perché aveva smesso di portarlo da quando era finito al Walter Kurtz College, ma erano ricomparsi i doppi pantaloncini e la sottocanotta, come ai vecchi tempi.

– Il pallone te lo mangi qui o lo incartiamo e lo consumi a casa, con comodo? – gli chiese Grinta, facendo il gesto di rubargli la palla.

Quello fu il segnale e in un attimo tutti gli Sharks, eccetto Sédar, gli furono addosso, urlando e festeggiando il suo ritorno.

– Ci sei mancato, tu e le tue canotte, sottocanotte, doppi pantaloncini e tutto il peso che ti porti addosso, – lo prese in giro Yoghi. – Che fine ha fatto il piercing?

Checco cercò di sorridere, ma la pacca sulla schiena a sorpresa di Grinta gli fece comparire sul viso una smorfia.

– Quanto di tempo che io non ti vede, – lo salutò Lev, abbracciandolo come se volesse schiacciargli il torace. – Amico!

– La finiamo con le scene strappalacrime? – disse Sédar dal suo angolo. – Vogliamo giocare?

– Abbraccio anche per te... che tutta estate non ti ha visto.

Sédar però lo minacciò, mettendosi in posizione di difesa e Lev tornò verso il centro del campo.

Checco partí piano e palleggiò fino alla linea dei tiri liberi, facendo un tentativo a canestro.

– Buu, mancato. Eccomi qua, è arrivato il vostro eroe –. Fiacca cominciò a palleggiare molleggiando le gambe e facendo ondeggiare la maglia degli Sharks che, a forza di lavaggi, era piú grigia che nera. – Sotto a chi tocca, oggi sono in super forma.

I due gemelli avevano entrambi una maglietta con la scritta *Sono in giro con uno stupido* e una freccia che indicava verso destra. Dopo i saluti a Checco avevano preso di mira Tecno e cercavano di camminargli a fianco, tenendolo dalla parte della punta della freccia. A causa delle fragorose risate, però, il compagno aveva capito subito il trucco e cercava di sfuggire al loro assedio.

– Gioco di gambe, Tecno, fagli vedere chi sei, – lo incitava Grinta. – Finta e cambia direzione, ruota.

Le risate e gli urli si placarono immediatamente quando il loro coach, Otto Spada, fece il suo ingresso.

Aveva la solita lavagnetta con la pinza per i numerosi foglietti che portava sempre con sé. Si diresse a passo deciso verso i suoi ragazzi e, quando fu di fronte a Checco, si fermò e gli diede un forte abbraccio.

– Ben tornato, Francesco. Siamo tutti contenti di riaverti con noi –. E, cosa strana, lo abbracciò un'altra volta. – Oggi gli Sharks iniziano... molto bene... Vita nuova: siamo entrati nell'Under 15, dimenticate il minibasket –. I suoi baffoni cominciarono a fremere, mentre il silenzio che seguí fu coperto dal lungo applauso che gli dedicarono i ragazzi.

– Bravo! Super coach, – urlarono tutti, – vai, siamo tutti con te.

– Troppo bravo per essere un prof di matematica, – urlò Yoghi.

Otto per Otto, come tutti lo chiamavano, restò piantato in mezzo al campo, diede un sonoro colpo di fischietto, un po' per far tornare il silenzio, un po' come firma personale.

– Molto bene. Volevo solo dirvi che sono felice di vedervi tutti qui. Molto bene, adesso al lavoro.

Diede un altro colpo di fischietto e si avvicinò al tavolo. Un discorso di lunghezza media, secondo i suoi standard, ma si vedeva che era felice di rivedere gli Sharks, la sua squadra, nata dal niente appena un anno prima.

– Buttiamo giú un po' del grasso accumulato durante l'estate: corsetta, – ordinò.

– Coach, ma noi siamo stati al camp e abbiamo corso e giocato. Chi è stato in spiaggia sono i gemelli e Lev, sono loro che devono correre e buttare giú la ciccia, – protestò Fiacca.

– Io no che stato al mare, in Lituania io ero. E non ho ciccia da buttare via, tutta mi piace, – disse Lev, mentre i gemelli preferirono mantenere un distaccato silenzio e affiancarsi a qualche compagno, tenendo la sinistra della fila.

– Pietro, se ti avvicini ancora con quella maglietta, ti faccio mangiare la freccia a piccoli bocconi, okay? – Sédar era rimasto quello di sempre e il gemello preferí parlargli da un metro di distanza.

– Volevo solo salutarti come si deve. Non hai sentito la mia mancanza?

– Avanti, per chi parla ho giusto pronti i primi cinque suicidi della stagione, – urlò il coach, mentre studiava gli Sharks, che correndo si scioglievano nei movimenti.

Dopo i primi cinque giri di corsa con un'andatura rilassata, Otto fece cenno a Paolo, che era in testa, di accelerare l'andatura, fingendo di non sentire i lamenti di Fiacca: – Accelerare? Moriremo tutti...

Un colpo di fischietto annunciò che la corsa era finita e un'urlata con le mani a megafono comunicò loro di disporsi in due file.

In quel momento Otto si distrasse e girò lo sguardo verso l'entrata degli spogliatoi.

– Ehi, ma quello è... Yoghi, sei tu che l'hai invitato? O è stato Stekko? – Fiacca cercava nello sguardo dei compagni la risposta al suo stupore.

– Vieni Giovanbattista, vieni, ti sei già cambiato, perfetto –. Otto fece cenno a Gioba di avvicinarsi a centro campo.

– Ecco qui un nuovo giocatore per gli Sharks. È appena arrivato a Porto Vecchio e ha bisogno di affinare la tecnica. Proverà a giocare e poi se gli piace... molto bene. Disporsi su due file.

Il solito colpo di fischietto chiuse il discorso del coach e diede inizio alla serie di esercizi di apertura.

– Rilassàti sulle gambe, scendere prima di

tirare, caricare, non siete solo braccia. Cos'è, non vi ricordate piú come si gioca a basket?

Ognuno ricevette la propria parte di consigli, sulla posizione dei piedi o sul palleggio, piú o meno urlati; solo con Gioba il coach cercò di moderare il volume e corresse la sua tecnica di tiro, perché troppo sbilanciata sul lato destro.

Poi, arrivò finalmente il momento della partitina e toccò a Checco, in virtú della sua recente ricomparsa, e a Sédar, perché Otto voleva essere sicuro che gli attriti tra i due fossero realmente sopiti, formare le squadre.

– È piú alto di Yoghi, – disse Paolo, guardando Gioba mentre usciva dallo spogliatoio, a fine allenamento.

– Mi preoccupa di piú il fatto che sia piú grosso di Yoghi, – aggiunse Pietro che non trovava piú il suo accappatoio.

– Ma che problemi vi fate, Gioba giocherà con gli Sharks, mica contro, – disse Yoghi.

– Ha persino piú barba di Checco. Avete visto le basette? – continuò Paolo.

– No, erano nascoste dai brufoli, – ridacchiò Pietro, riuscendo finalmente a chiudere la borsa.

– Non può avere quattordici anni, secondo me ne ha almeno sedici. No, diciassette, perché Yoghi ne dimostra due di piú, – disse Grinta.

– Quel tipo non mi piace, – concluse Fiacca e uscí dallo spogliatoio.

Gioba era fermo a metà della rampa della palestra e scherzava con una ragazza dai capelli a caschetto, seduta in carrozzina.

VII

# Rapida Porto Vecchio

*Anna Girella! Ti ho detto di flettere le gambe prima del tiro, ma non come se ti sedessi sul water a casa tua. Questa è la seconda volta che, invece di tirare, finisci a terra. E non ti hanno nemmeno toccata. Lascia qualcosa da fare anche alla difesa avversaria.*

[da *Indicazioni in partita* di L. Mordecai]

Per ordine preciso della madre, Lev aveva dovuto rinunciare all'appuntamento ai giardini con i suoi amici e accompagnare la sorella al piazzale dell'edicola.

– Guarda che adesso te ne puoi pure andare, non serve che tu te ne stia impettito con quella faccia offesa, – gli disse Ylena, sistemandosi la borsa tra le gambe.

– Aspetto, – rispose Lev bruscamente.

– Tra un minuto arriveranno Franceschina e sua madre.

Lev scosse la testa e si appoggiò al muro, con lo sguardo fisso verso la curva dalla quale prima o poi sarebbe spuntata l'utilitaria della madre di Franceschina.

– Mamma dice aspetta e io aspetta, fino a che tu non sali in macchina.

– Cosa c'è, vuoi vincere il premio «miglior fratello dell'anno»? Vai pure, se fai una corsa li trovi ancora alle panchine. Ho visto il ciuffo di Yoghi spuntare e ho riconosciuto la voce di Stekko.

Lev si sollevò dal muro, sembrava quasi convinto, ma all'ultimo minuto ritornò nella stessa posizione.

– Il coach dice forse verrete ad allenarvi nella nostra palestra, – disse Lev, mentre sua sorella si limitava ad alzare le spalle, come a dire «vedremo». – Ci siete tutte oggi? Viene anche Silvia?

– Sí. La Mordecai ha detto che ci vuole vedere tutte già dal primo allenamento. Perché t'interessa?

– Niente –. Lev si appoggiò al muro sbuffando.

– È per la faccenda di Silvia e Stekko?

– Perché, c'è «faccenda Silvia Stekko»? Hanno litigato?

Ylena scosse la testa.

– Allora perché non parlano? – disse Lev, continuando a guardare la curva, dove stavano passando praticamente tutte le auto di Porto Vecchio, a eccezione di quella della madre di Franceschina.

– Chi ha detto che non parlano? Piuttosto, è arrivato in squadra il vostro nuovo acquisto? Com'è Gioba in campo? – Ylena si girò verso il fratello.

– Com'è tu che conosci Gioba?

– Sua sorella Molly è arrivata nella classe accanto alla mia e abbiamo chiacchierato un poco durante l'intervallo. Mi ha detto che suo fratello aveva trovato una squadra di basket qui a Porto Vecchio e gli Sharks sono gli unici. Scarsi, ma unici.

Lev sbuffò offeso.

Sbuffava ancora quando Silvia li raggiunse e avrebbe continuato a sbuffare, se Franceschina non si fosse sporta dal finestrino di un'auto che si era appena accostata, con le quattro frecce in azione.

Era stata al mare probabilmente per tutti i mesi estivi e adesso sfoggiava un'abbronzatura invidiabile, i polsi coperti di braccialettini di cotone colorato.

Mentre le tre ragazze si salutavano e si abbracciavano, Lev, terminato il compito affidatogli dalla madre, si allontanò, con un ultimo sbuffo rumoroso.

– Ragazze! Piú meglio male di pancia e seduto su di water giorno intero, che accompagnare sorella una volta di piú –. Lev affrettò il passo, sperando di riuscire a intercettare il gruppo di amici.

Davanti alla palestra c'era il resto della squadra delle Rapida e fu una mitragliata di saluti e domande, risposte e complimenti.

– È già arrivata la Mordecai? Non vedo la sua moto parcheggiata da nessuna parte –. Silvia fece vagare lo sguardo dei suoi occhi azzurri per tutto il parcheggio, senza risultato.

– Arriverà, forse siamo in anticipo, – commentò sua sorella Rebecca, che in quel momento si alzava dai gradini per unirsi al gruppo. – Hai fretta d'iniziare?

– Avete visto Checco? Ho saputo che ha fatto pace con suo padre e che è tornato a Porto Vecchio, – le interruppe Anna Girella, una spilungona che faceva concorrenza all'altra Anna nei tiri a vuoto durante partite e allenamenti. – Basta collegio punitivo.

– Checco ha già fatto il primo allenamento con gli Sharks, ieri pomeriggio. Tutto a posto, o quasi. Ha promesso di fare il bravo. E sembra che anche suo padre abbia fatto la stessa promessa, – precisò Ylena.

– Quell'uomo non mi è mai piaciuto, – disse Silvia.

In quel momento Lilian Mordecai, unica allenatrice e accompagnatrice della neonata squadra di basket femminile di Porto Vecchio, entrò nel piazzale antistante la palestra in sella a una rombante motocicletta.

Appena parcheggiata si tolse il casco e si abbassò la bandana elasticizzata che teneva davanti alla bocca.

– Allora, signorine, vogliamo iniziare questa stagione di vittorie epocali e allenamenti durissimi?

Non riuscí a continuare perché fu sommersa da abbracci e saluti. Non c'era mai stata un'insegnante di educazione fisica cosí amata dalle proprie studentesse.

– Abbronzatura eccezionale, Franceschina. Tutte dentro a cambiarsi, che oggi partiamo dalla preparazione atletica, per spremere fuori un po' di tossine. Rebecca, hai cambiato taglio di capelli? – L'allenatrice, dopo aver trafficato un po' con la chiave degli spogliatoi, fece un ingresso trionfale, seguita dal gruppo festante delle giocatrici.

L'allenamento però non fu cosí allegro e molte di loro persero quasi subito il sorriso delle vacanze.

Dopo alcuni esercizi, buoni per lo stacco verticale e per prevenire ogni futura cellulite per almeno due generazioni, si confrontarono con delle corse laterali.

– Queste sono ottime per rassodare glutei e polpacci, – urlò la Mordecai dopo il via.

Il sospetto diffuso era che la coach cercasse d'indorare la pillola e far sentire meno la fatica, vantando eccezionali vantaggi futuri che un allenamento cosí massacrante avrebbe avuto. L'unica a crederci ciecamente fu Anna, che s'impegnò allo spasimo e rischiò di farsi venire un collasso in campo.

– Ma che maglietta hai? – chiese Anna, con l'ultimo soffio di fiato.

– Niente, una maglietta, – rispose Silvia.

– L'hai vista adesso? – s'intromise Rebecca maliziosamente. – È la maglietta di un canoa club, chissà chi gliel'avrà regalata.

Per fortuna Anna non aveva piú fiato per proseguire la conversazione e si riunirono tutte al centro, per la partitina conclusiva, mentre Silvia lanciava delle occhiatacce alla sorella.

– Franceschina, metti qualcosa attorno a quelle matasse di braccialetti che hai ai polsi. Del nastro adesivo, magari. Non vorrai mica portarti via un paio di dita altrui? – la avvertí l'allenatrice.

– Okay. Cosí non corro rischi quando vado a schiacciare.

– Ma quando mai hai schiacciato, tu, – scherzò Rebecca, che era capitata nella squadra avversaria.

– Adesso te lo cambio io il taglio di capelli. Aspetta che fischi l'inizio e vedrai, – rispose Franceschina, sistemandosi in posizione.

– Mamma mia, cosí fai paura, sembri Grinta. A cuccia! – Rebecca le agitò la mano destra davanti alla faccia, mentre le due formazioni si preparavano al fischio d'inizio.

– Quattro contro quattro. Ylena entra al posto di chi fa canestro e cosí via. Bisogna che troviamo nuove giocatrici, in nove siete troppo poche –. Mordecai fece partire un fischio sonoro e le due squadre scattarono.

La prima a tentare di andare a canestro fu Anna, che fece partire un ibrido tra passaggio e tiro che spettinò piú di una compagna.

– Gambe flesse e controllo di palla, – urlò dalla panchina l'allenatrice, scuotendo la testa.

## VIII
## Prepartita

*Ricordati: solo se hai buone radici puoi volare nel cielo. No, non è quella canzone del cartone animato dei due calciatori. No, non c'è nessuna tromba d'aria. Gioba, cerca di restare concentrato su quello che ti sto insegnando e dimentica il resto.*
[da *Frasi filosofiche da dimenticare* di Otto per Otto]

Fiacca era in attesa da nove giorni che la madre trovasse il tempo per accompagnarlo a comprare un nuovo paio di scarpe da basket. A niente erano valse le promesse di fare un acquisto autonomo e responsabile, magari accompagnato da Stekko e Grinta. La genitrice era rimasta fermamente convinta che Fiacca non fosse ancora in grado di andare in centro senza di lei, per comperare un paio di scarpe.
– Ma dài, mamma, cosa ne capisci tu di scarpe da basket?
– Mattia, non rispondermi cosí!
– Posso comprarle in Internet? Ci sono offerte per tutte le marche di scarpe.

La madre alzò gli occhi al cielo, come se il figlio le avesse appena consigliato di rubarne un paio.

– Adesso mettiti a fare i compiti che io devo andare allo studio. Ho una coppia di genitori con un problema di scarsa autonomia dei figli da risolvere. E sono in leggero ritardo.

La porta si richiuse e un attimo dopo l'auto materna uscí dal vialetto, dirigendosi a velocità vicina a quella sonica verso lo studio di psicoterapia. Fiacca diede un'occhiata all'orologio e decise di lasciar perdere i compiti e di prepararsi la borsa. Sarebbe partito subito, in modo da arrivare, una volta tanto, in orario all'allenamento del mercoledí.

L'avvertimento materno sui compiti gli aveva smosso, dal fondo fangoso del suo cervello, un pensiero assolutamente nuovo e inesplorato. Quello era l'ultimo anno di medie o di «scuolasecondariadiprimogrado», come diceva la vicepreside, senza mai prendere fiato. Essere arrivato in terza era una cosa che dava da pensare.

Mentre trascinava la sua bici fino al marciapiedi, l'idea che l'anno successivo non sarebbe piú andato alla vecchia scuola gli si fece strada con maggiore evidenza. Alla superficie comparve la consolante verità che non avrebbe mai piú rivisto la gang compatta degli insegnanti, quegli individui che negli ultimi due anni avevano contribuito notevolmente a mettere in pericolo la sua salute mentale, o comunque il suo buonumore.

Ridacchiando afferrò saldamente il manubrio con due mani e si mise in movimento.

Malgrado l'andatura lenta, Fiacca arrivò per primo davanti alla palestra e nello stesso preciso istante del custode, un ometto curvo per età e cattiveria compressa. L'uomo, nel giro di pochi minuti, gli abbaiò contro tre volte.

Nell'ordine: che non poteva legare la bici al palo davanti alla rampa con il segno giallo della carrozzina, che doveva ricordarsi di tirare l'acqua quando andava in bagno, che non poteva entrare in palestra con le scarpe che usava fuori.

Fiacca era riuscito a rimediare ai primi due «inviti» ma, giunto al terzo, si era limitato a far finta di cambiarsi le scarpe prima di entrare in palestra, per i ben noti motivi che avevano fatto naufragare il dialogo genitori-figli.

Per fortuna in quel momento il custode stava sgridando Yoghi che sembrava intento a controllare che le punte delle scarpe fossero perfettamente allineate.

– Come posso aver fango sotto alle scarpe se non piove da mesi! Presto ci sarà un allarme siccità nel paese, – esplose Yoghi, appena raggiunse l'amico sotto al canestro, lontano dalle orecchie del custode. – Quell'uomo mi farà impazzire.

– Ehi, vecchio, lascia perdere il custode. Ma ci pensi che l'anno prossimo non vedremo nessuno dei nostri insegnanti? Posso incontrare quella di matematica per strada e riderle in faccia. Potrei persino sputarle addosso e lei non potrebbe bocciarmi, – disse Fiacca avvicinandosi con la palla in mano.

– Sputare?! Chi ti ha detto questa cosa? – chiese Yoghi mentre mancava clamorosamente la presa sul passaggio. – Hai visto la prof di matematica?

– Ma no, dicevo per dire. Ti sembro il tipo che sputa addosso alle persone? E poi, a una prof! Non voglio mica fare la terza per tutta la vita. Quella lí sarebbe capace di vendicarsi fino alla morte. Era cosí per dire, questo è l'ultimo anno che li vediamo. Non ti sembra *figo*?

Yoghi riprese la palla e cominciò a palleggiarla, senza dire una parola.

– Noi ci vedremo sempre, perché abbiamo il basket e gli Sharks, ma tutta quella brutta gente ce la lasciamo dietro le spalle. La scuola media finisce, ma ci pensi?

Yoghi provò un tiro dall'angolo, ma non centrò nemmeno il tabellone.

– Bisognerà scegliere che scuola fare. Non sarà una cosa facile, io non ho nessuna idea. E tu, Fiacca?

– Come sarebbe scegliere che scuola fare?

– Le superiori, Fiacca. Già quest'anno devi preiscriverti alla scuola del prossimo anno. Devi scegliere: professionale, tecnico, liceo...

quello che vuoi fare dopo –. Yoghi cominciò a caricare sulle gambe, in previsione di un altro tentativo di canestro.

– Non basta essere promossi e andare avanti? – Fiacca era rimasto colpito da quella novità. Nessuno lo aveva avvertito che dopo la terza media le cose si sarebbero complicate.

– Non ti ricordi i test di orientamento che ci hanno fatto fare l'anno scorso? Erano per decidere che scuola superiore fosse la piú adatta per ognuno di noi.

Fiacca aveva lo sguardo vuoto di chi non ricordava assolutamente nulla. Intanto la mente gli si affollava di immagini in cui lui era il nuovo arrivato in una scuola superiore dove i piú vecchi potevano avere anche cinque anni in piú. O magari dieci, se non erano particolarmente fortunati nello studio.

In quel momento fece la sua comparsa in campo Giovanbattista, che per via della statura camminava sempre dondolando, come una torre sul punto di crollare.

Fece un cenno di saluto verso i due che lo fissavano e afferrò un pallone a caso dalla cesta aperta.

Piú che palleggiare schiacciò tre volte il pallone contro al parquet della palestra e poi, senza piegarsi o aggiustare la posizione, fece partire un tiro diretto e teso, senza alcuna traccia di parabola, che colpí con forza il tabellone e rimbalzò verso di lui, lasciando la retina praticamente illesa.

Riafferrò la palla arancione, come se la ritenesse colpevole del suo insuccesso, e la sparò di nuovo verso il canestro, con lo stesso deludente risultato.

– Gioba! – tuonò la voce di Otto per Otto alle loro spalle. – Non cosí. Non come se fossi una statua di pietra.

– O Hulk, – bisbigliò Fiacca, con una mano davanti alla bocca.

– Direi piuttosto la Cosa dei Fantastici Quattro, – aggiunse Yoghi, voltandosi per non essere notato.

– Voi due, passate all'altro canestro, forza, – ordinò il coach, stringendo nel pugno la cordicella del fischietto, – cosí intanto conoscete Lucio.

Un giovane sui trent'anni era emerso da una zona d'ombra della palestra e adesso la sua tuta gialla sembrava risplendere accanto al materasso del salto in alto, appoggiato sotto al canestro.

– Per un po' verrà ai nostri allenamenti, tanto per capire se fare il coach può interessarlo –. Otto ritornò a occuparsi della tecnica di tiro di Gioba.

– Ciao ragazzi, sono Lucio.

Aveva una barba curatissima che gli incorniciava il volto, come se fosse disegnata, un'abbronzatura perfetta e denti bianchissimi. Si sporse verso di loro, facendo ondeggiare dal collo una medaglietta d'oro e sprigionando intorno un intenso profumo. Poi, cosa ancora piú strana, tese loro la mano.

Yoghi gliela strinse con forza, osservando come i capelli ai lati della testa fossero piú corti e scalati. Si vedeva che frequentava spesso il negozio del barbiere e non solo per la barba.

Lucio strinse la mano a tutti gli Sharks, via via che arrivavano. Gli ultimi a entrare in palestra furono Sédar e Stekko che, dopo essersi presentati, lo guardarono in silenzio, stupiti di non ricevere l'attesa razione di suicidi.

– Non male il vice coach, – mormorò Fiacca, alla fine di una serie di tiri dove aveva sperimentato una nuova impostazione delle gambe. – Tecniche nuove.

Sédar fu scelto per una dimostrazione di *pick and roll* e diede del suo meglio, anche grazie alle braccia lunghe. Se ne tornò in fila con un sorrisino soddisfatto.

Tecno era troppo imbarazzato e sbagliò una raffica di tiri liberi, malgrado i numerosi suggerimenti di Lucio.

Sotto il canestro dall'altra parte della palestra Gioba, dritto come una specie di grosso bambolotto snodabile, accettava passivamente che Otto gli modificasse la posizione di ogni giuntura, partendo da quelle dell'alluce.

– L'apertura dei piedi deve corrispondere

piú o meno a quella delle spalle, devi sentirti ben piantato nel terreno. Devi sentire che le dita sono ben distese dentro alle scarpe, come se fossero radici. Metti un po' piú avanti il sinistro. La posizione delle braccia la vediamo dopo –. Il coach diede un colpetto col piede al tallone destro di Gioba, prima di spostarsi a contemplare il risultato d'insieme.

– Sei mai andato alla fiera del paese? Al banco dei pesci rossi? Ne hai mai vinto uno?

Gioba scosse la testa, pensando che i pesci rossi dentro alle loro bocce di vetro sembravano dei gioielli in movimento. Gli sarebbe piaciuto averne uno, anzi due, da tenere in una vaschetta sul comodino.

– E ti credo che non ne hai mai vinto uno! Parabola. Il segreto è nella parabola. Il tiro, per entrare nella boccia di vetro o nel canestro, deve arrivare sempre dall'alto, non dritto cosí –. Otto mimò nell'aria una specie di pugno, abbastanza minaccioso.

– Se vuoi un pesce rosso o se vuoi far canestro, la palla deve cadere da sopra. La pallina colorata che ti danno è appena piú stretta dell'imboccatura della boccia di vetro, ma per tua fortuna il canestro è almeno tre volte piú largo del pallone.

– Ma no, coach, è impossibile. Il pallone... – cominciò Fiacca alle sue spalle.

– Ehi, ragazzo, vuoi che ti ci infili dentro, al canestro? – lo minacciò l'altro, prima di far partire un fischio particolarmente acuto. Poi mise le mani a megafono e chiamò Tecno e i due gemelli.

– Gioba, ricordati il pesce rosso, okay? Non dimenticarlo e vai a canestro. Adesso passa da Lucio.

Alla fine dell'allenamento non ci fu la solita partitina, ma tutti si radunarono al centro campo, davanti ai due coach.

– Sabato potrebbe esserci una partita con la squadra delle ragazze, la Rapida. Molto bene. Quelle hanno una buona tecnica –. Otto li fissò tutti, stringendo il pallone a spicchi con entrambe le mani. – Non voglio che ci massacrino di canestri e mi piacerebbe che gli Sharks ne infilassero qualcuno. Molti, se proprio devo essere sincero. Molto bene. Andate.

Lucio, immobile accanto al coach, rimase a guardare i ragazzi che si avviavano allo spogliatoio, muovendo la mano in un saluto silenzioso.

## IX
# Venerdí pomeriggio a canestro

*Su le mani. Quando parte un tiro avversario voi dovete alzare le braccia, non come se voleste arrendervi alla superiorità nemica, ma per erigere una palizzata difensiva. Voi siete le mura umane attorno al vostro castello e nessuno deve poterci penetrare. Avanti, dovete diventare dei veri guerrieri.*

[da *Urla lunghe dalla panchina* di Otto Spada detto Otto per Otto]

Alzò la testa dal centro campo e fissò il canestro sghembo del campetto: in quel momento Stekko si sentiva come fosse dentro a un palazzetto famoso, a Milano, Siena o Venezia, con la folla assiepata sulle gradinate, in attesa dell'azione risolutiva.

Strinse la palla e la portò vicino al viso, aspirandone l'odore di cemento e gomma. Poi partí. Palleggio, passo, palleggio, passo, palleggio, cambio mano e si portò a sinistra del canestro, tentando un gancio in posizione di mezzo angolo. La palla toccò il ferro ma ricadde dalla parte sbagliata.

La riprese, facendo dei palleggi cortissimi e veloci, basso sulle gambe, come se volesse inginocchiarsi, finché non gli sfuggí di nuovo dalle dita.

– Devo restare con la testa sulla palla, – si rimproverò, mentre le immagini del grande palazzetto svanivano dalla sua fantasia e ritornava il viso di Silvia che sorrideva a un altro ragazzo.

In quel momento fece il suo ingresso Yoghi, con un cappellino da baseball ben calzato sulla testa, nel tentativo inutile di contenere i suoi capelli ribelli.

– Facciamo due tiri. Ho messo le vecchie, – Yoghi indicò la punta della scarpa destra, con l'alluce che lottava per emergere dalla tomaia, – perché voglio finirle, prima che mi diventino troppo piccole.

– Direi che sei già a buon punto –. Stekko passò la palla.

– Giochiamo ad Asino, – propose Yoghi, sistemandosi in posizione di post alto. – Inizio io da qui.

Entrambi infilarono il tiro al primo colpo.

– Si passa in lunetta –. Stekko fece partire il suo tiro, la palla si appoggiò al tabellone e da lí scivolò dentro.

– Troppo facile da quella posizione, ci ri-

uscirebbe anche la prof di religione –. Yoghi fece partire la palla con un piccolo colpo del polso destro e poi si spostò sotto al cerchio di ferro.

– E quella di matematica, ce la farebbe? – Stekko segnò da sotto, sforzandosi di non sollevare i piedi, pena l'annullamento del canestro.

– Non nominarmela nemmeno. Dopo quella faccenda dello sputacchio, vivo nel terrore. Vediamo come te la cavi, Stekketto, se ti propongo un vero tiro in post basso, con le spalle al canestro.

Sbagliarono entrambi, guadagnandosi una A. Poi passarono ad AS, andando in angolo estremo sinistro, e Stekko si beccò anche una I con un altro post basso.

Quando entrambi si stavano contendendo l'onore di raggiungere la fatidica O, Ylena li sorprese alle spalle.

– Ciao! – urlò, finendo la sua corsa contro le spalle di Stekko e facendogli sfuggire la palla di mano. – Siete già due asini, adesso giochiamo anche noi.

Stekko si voltò verso l'entrata, con lo sguardo di uno che è rimasto chiuso in una trappola. Non vide Silvia, come aveva temuto, ma il piú innocuo Lev che si soffiava il naso.

– Credo che ho allergia a qualche pianta. Naso e occhi che bruciano e naso cola –. Con lo stesso fazzoletto a fiori che aveva usato per il naso, si diede anche un'asciugata al sudore della fronte.

– Al basket sei allergico. E alla lingua italiana, – lo prese in giro Yoghi.

– Brontolo! Dài che facciamo una partitina tre contro tre. Stanno arrivando gli altri –. La ragazza si fece passare il pallone.

– Quali altri? – chiese Stekko.

– C'era Sédar al bar che si prendeva un ghiacciolo e Checco stava legando la bici –. Ylena fece alcuni palleggi e poi controllò quanto sgonfia fosse la palla, schiacciandola tra le due mani.

Stekko sospirò di sollievo. Da quando aveva visto Silvia seduta al bar con un altro ragazzo, non l'aveva piú cercata né aveva provato a parlarle. E come poteva? Era tornato dall'*Adventure Basket Camp* con tantissime cose da raccontarle, l'aveva cercata per tutta Porto Vecchio e lei invece era lí, a ridere con quel tipo dal naso a becco. Cosí Stekko aveva deciso di ignorarla, di far finta che nemmeno esistesse. Anche lei però non si era certo sprecata a cercarlo: un sms appena, chiedendo cosa fosse successo. E un altro, in cui protestava perché lui non rispondeva. Come se non lo sapesse. Adesso però doveva continuare a evitarla. Silenzio chiama altro silenzio.

Dopo pochi minuti, comparvero i due giocatori degli Sharks, quasi spalla a spalla, che fingevano però di non vedersi. Perché entrambi dimenticassero gli avvenimenti dell'inverno appena trascorso, incendio e collegio inclusi, ci sarebbe voluto del tempo.

Checco, forse per la prima volta dal suo ritorno a casa, aveva rimesso il piercing all'orecchio e teneva tra le mani un romanzo in edizione economica.

– Cos'è quella roba che hai tra le mani, Checco? Non dirmi che è un libro?! – lo bloccò Yoghi, mentre l'altro lo sistemava in un angolo del campo, al riparo dal sole e dai piedi dei compagni.

– Sei passato di nuovo in libreria? – chiese Stekko rigirando tra le mani *Il giorno dei trifidi* di John Wyndham. – Col vecchio sistema?

– Spiritoso. Stavolta l'ho pagato e me l'ha consigliato proprio lo stesso signore –. Checco si concesse un piccolo sorriso, ricordando come il libraio gli avesse permesso di rubare un dvd e come lui, sentendosi in colpa, fosse tornato per pagarglielo.

– È di fantascienza? – chiese Ylena, avvicinandosi ai due. – Non mi piace la fantascienza.

Intanto Yoghi, Lev e Sédar, approfittando delle chiacchiere degli altri, si erano già disposti con la palla in mano.

– Squadre fatte, iniziamo. Campioni NBA contro lettori, – annunciò Yoghi, facendo girare la palla tra le dita.

Via via che il gioco si faceva movimentato,

i sei cominciarono a sentire caldo. Sédar provò delle triple, ma tutte mancarono il canestro, mentre Yoghi e Lev faticavano a capirsi negli assist.

Fu cosí che i lettori arrivarono al 21 con un vantaggio decisamente ampio.

– Rivincita! – ansimò Lev, piegato in due e con le mani sui fianchi.

– Non sarebbe meglio cambiare le squadre? – propose Yoghi, ma i suoi compagni lo ignorarono.

Checco si alzò la maglietta per asciugarsi il sudore che gli imperlava il viso.

– Allora è confermata la partita di sabato, Sharks contro Rapida? Tu, Yoghi, hai novità? – chiese Sédar.

Stekko tenne il viso rivolto a terra, come se non avesse udito nulla.

– Mio padre mi ha detto che Otto per Otto ha proposto alla Mordecai un incontro di riscaldamento precampionato. Sarebbe bello, Ylena ne sai qualcosa? – chiese Yoghi voltandosi.

– L'allenatrice non ci ha ancora detto nulla, – rispose Ylena, controllando le reazioni dei compagni e prendendo in mano la palla. – Certo che sarebbe una bella partita per voi e... una grande vittoria per noi.

– Sí, voi avete Silvia e Rebe che sanno giocare, ma avete anche Anna e Anna Girella. Non dimenticare sorella, non facile vincere cosí, – ridacchiò Lev.

– Ma c'è anche la tua sorellina, pronta a sotterrarti di canestri, non dimenticarlo. Avanti con questa rivincita –. Ylena si spostò verso il centrocampo.

Stekko si mosse pensieroso e cominciò a sbagliare praticamente tutti i tiri che gli capitavano e in poco tempo i lettori persero la loro rivincita.

– Facciamo la bella? – propose Yoghi.

– Prima bere, – ordinò Lev, guidando il piccolo gruppo fino alla fontanella che stava vicino al cancello del patronato.

Sédar, con circospezione, si avvicinò a Stekko, approfittando del fatto che gli altri si erano riuniti attorno al getto d'acqua.

– Hai saputo qualcosa? – gli chiese in un bisbiglio, che l'altro faticò a comprendere. – I tuoi hanno chiamato il numero di telefono che ci hanno dato all'*Adventure Basket Camp*? Hanno parlato con l'osservatore?

– Sí, mio padre gli ha telefonato quando siamo tornati e quello gli ha assicurato che ci avrebbe fissato una specie di provino: vuole vederci in azione con altri ragazzi selezionati, ma non ha detto quando.

– Lo ha detto anche a mio padre, quando gli ha telefonato la prima e la seconda volta. Gli ha ripetuto la stessa cosa anche ieri. Nessuna novità, speravo che a te avesse detto qualcosa di piú –. Sédar, sulle spine, guardò gli altri che finivano di bere.

In realtà Stekko sapeva benissimo che Sédar era terrorizzato dall'idea che potessero chiamare uno solo di loro. Glielo leggeva negli occhi, in quel marrone profondo che rendeva l'iride simile a un frutto legnoso, una noce tropicale o qualcosa di simile.

– Appena so qualcosa ti avviso, non preoccuparti.

– E chi si preoccupa. Caso mai sarò io ad avvisarti –. Sédar si era ripreso subito da quel fulmineo momento di debolezza. – Mai stato piú tranquillo di cosí. Adesso che hanno visto come gioco, sarebbero degli stupidi a non chiamarmi.

Sédar si avvicinò alla fontanella e bevve una lunga sorsata, lasciando che un rivolo d'acqua gli scorresse lungo la guancia, fino a bagnargli il collo esile ma muscoloso.

– Come va il nuovo vice allenatore? – chiese Ylena, appoggiando una mano sulla spalla di Stekko.

– Lucio? È in gamba, ci sa fare, – rispose Stekko, senza cambiare posizione. – Aggiunge un qualcosa agli insegnamenti di Otto per Otto, ma è lí solo per dare una mano.

– È un tipo agile, tutto muscoli. Avete visto come si muove sotto canestro? Lui non ti spiega i movimenti, te li fa vedere in diretta –. Yoghi sorrise, buttandosi indietro il ciuffo umido di sudore. – E ha un gancio che è la fine del mondo. Wow.

– Lucio fa basket moderno, di questo secolo. Conosce i giocatori di oggi, non quelli preistorici. E ha riconosciuto subito chi è il vero play degli Sharks, – si beò Sédar, con un sorriso ancora gocciolante d'acqua.

– Mi piace come tiene la barba, – concluse Ylena, togliendo la mano dalla spalla dell'amico e avviandosi a recuperare la palla.

– Yoghi, tu chiedi dove si taglia lui di capelli, – ridacchiò Lev, prima di disporsi sotto al canestro.

## X
## Partita del sabato

*I maschi non riescono a capire le femmine. Per loro è impossibile. Parla mezz'ora con il ragazzo piú intelligente e piú sensibile che riesci a trovare: sembrerà che capisca proprio tutto, perché ti guarda e fa sí con la testa. Ma se provi a fargli due domande, ti accorgerai che parlate due lingue diverse. Ecco perché a una certa età persino i campionati di basket sono divisi per sesso: è impossibile capirsi.*

[da *Pensieri serali* di Silvia]

Era un incontro amichevole, ma i ragazzi degli Sharks e le ragazze della Pulitura Rapida Porto Vecchio erano cosí nervosi che alcuni faticarono persino ad allacciarsi correttamente le scarpe.

E ancor piú agitati di loro erano i due allenatori. Il coach degli Sharks aveva subito iniziato a consultarsi col papà di Yoghi, per smorzare la tensione che sentiva bollirgli nello stomaco, mentre Lucio sedeva in panchina, come se non avesse fatto altro per tutta la vita precedente.

Lilian Mordecai, allenatrice e unica accompagnatrice della squadra delle ragazze, passeggiava nervosamente lungo la linea di fondo campo, spiando le mosse di Otto, e facendo tintinnare le grosse perle d'argento del suo bracciale indiano.

Per l'occasione aveva indossato un completo che per lei rappresentava il massimo della femminilità: pantaloni bianchi con due cinture borchiate che incrociavano sul davanti una coppia di grosse fibbie metalliche, i soliti stivali da motociclista e una camicia a righe.

– Bisogna fare qualcosa per il look della nostra coach, – si lamentò Anna, appena la vide. – Le manca solo la benda nera all'occhio e siamo tra i pirati della Tortuga.

– Cerca di non farti sentire, mi sembra piuttosto nervosa oggi, – la avvertí Ylena, intenta a spiare gli strani esercizi di riscaldamento che stava svolgendo suo fratello dall'altra parte della palestra, sotto lo sguardo attento del nuovo allenatore.

– Sono giorni che è nervosa. Da quando è saltata fuori questa storia dell'incontro con gli Sharks. All'allenamento mi ha sgridato solo perché mi sono fermata a recuperare il mio elastico per i capelli. Ma perché tutta questa agitazione, dico io. Ne dobbiamo giocare due di queste partite, no? Vorrà dire che una la vinciamo e una la perdiamo –. Anna si decise a scegliere un pallone dalla cesta.

– Anna, quando ti sei bloccata a recuperare l'elastico eri nel pieno di un'azione sotto canestro, – le sorrise Rebecca, – forse è per questo che ti ha sgridato, non credi? Vorrei anche ricordarti che alle semifinali del Torneo Villaggio dei Fiori, gli Sharks ci hanno battute. E questo non è andato tanto giú alla nostra coach.

Anna alzò le spalle infastidita, ma la verità si avvicinava abbastanza alle parole della sorella di Silvia.

L'allenatrice non voleva perdere contro gli Sharks, voleva mostrare che le sue ragazze erano forti come i maschi, se non di piú, e che si meritavano l'uso della palestra di Porto Vecchio, invece di essere obbligate ad allenarsi in centro, alla scuola Dumas.

Lilian Mordecai guardò con riconoscenza la madre di Franceschina che stendeva davanti alle gradinate la loro personale bandiera, un drappo nero sul quale campeggiava un teschio rosa che faceva l'occhiolino, sopra a due tibie incrociate.

Dall'altra parte del campo, Otto sussurrava qualcosa all'orecchio del papà di Yoghi, con fare da cospiratore.

– Anche noi avremmo bisogno di un accompagnatore, con le bottiglie dell'acqua e la valigetta del Primo soccorso, con il blocco per segnare i canestri e tutto il resto. Qualcuno con cui discutere la strategia di gioco –. L'allenatrice passò in rassegna i visi dei genitori che si disponevano sulle gradinate, riflettendo tra sé.

Inoltre la squadra della Rapida poteva contare solo su nove giocatrici, inclusa Martina che era arrivata da poco, ma ne avrebbe dovuto avere almeno dieci, per potersi iscrivere al torneo femminile.

L'arbitro segnalò che mancavano cinque minuti all'inizio della partita.

– Ehi, quei calzettoni non ti stanno su? – chiese Lilian, indicando le gambe secche di Anna Girella, sulle quali si afflosciavano un paio di tubolari ad altezza caviglie. – Gloria, stringi i lacci delle scarpe, se non vuoi che ti si sciolgano a metà azione.

– Tecno, vuoi recuperare i tuoi occhiali? Ah, giochi con le lenti? Checco, copri il piercing. Ah, l'hai già coperto? Molto bene, – urlava Otto dall'altra parte del campo.

Alla fine, i due quintetti iniziali si schierarono, mentre i rispettivi coach si disposero davanti alla propria panchina a consumarsi di tensione sportiva.

Un attimo prima che l'arbitro fischiasse l'inizio, la mamma di Tecno si sbilanciò dalla tribuna e urlò: – Forza Sharks!

L'attimo dopo Ylena stava già cercando di forzare la difesa avversaria, con Franceschina che la proteggeva a destra.

La comparsa di Yoghi, saltellante e a braccia

spalancate, fece sí che il tiro risultasse decisamente fuori bersaglio.

Lev batté le mani estasiato, mentre la sorella tornava sconfitta in difesa, saettandogli occhiate di fuoco.

– Io che faccio di sbagliato? – chiese lui con finta innocenza. – Faccio tifo per compagni.

Distratto, mancò però il passaggio che Checco gli aveva inviato, sperando in un immediato assist sotto al canestro.

– Forse non dovevamo mettere in campo Lev con Ylena, – borbottò Bruno, il padre di Yoghi, assistendo al recupero palla delle ragazze della Rapida.

– Come facevo a sapere che avrebbe messo Ylena nel primo quintetto? Non sono mica un mago! – reagí nervosamente Otto. – Ma neanche quello dovevamo mettere in campo. Stefano!

Stekko, trovatosi di fronte Silvia in gran velocità, si era bloccato, confuso e non era riuscito a ostacolarla.

Il tabellone indicò due punti per la Rapida e zero per gli Sharks, per passare nel giro di pochi minuti di gioco a un pericoloso 8 a 0.

Checco tentò una penetrazione isolata, ma fallí quella che sarebbe dovuta essere una tripla e le ragazze della Rapida non perdonarono gli avversari, passando alle due cifre.

– Ma che fate! Sharks, avanti, su la testa! – urlò il Grinta, alzandosi di scatto dalla panchina e muovendo due passi verso il campo quando, su un assist di Silvia, Rebecca realizzò il 12.

L'arbitro minacciò, con un solo gesto, terribili punizioni a Grinta, che a testa bassa ritornò a sedersi accanto alla cassetta del Primo soccorso.

– Tiriamo fuori quei due –. Otto fece cenno a Grinta e a Sédar di prepararsi a sostituire Stekko e Lev.

Finalmente il punteggio cominciò a salire anche per gli Sharks, merito dei cambi o forse del mutato atteggiamento in campo.

Su assist pericolosi di Fiacca, che sembrava un polipo, segnarono prima Checco, poi Sédar, poi di nuovo Checco. Yoghi riuscí a coordinare la difesa e a bloccare quasi tutte le azioni, eccetto un tiro fortunoso di Franceschina.

Il primo quarto si concluse quindi 14 a 6 e Otto decise di tenere in campo gli stessi giocatori. Lilian lo confuse, facendo entrare in campo Laura, Anna Girella, Martina, Gloria e lasciando dentro soltanto Silvia.

– Non c'è Ylena. Avrei potuto rimettere in campo Lev –. Il coach stava masticando l'estremità di una matita, proprio dove fino a pochi minuti prima c'era una piccola gomma rosa.

– Secondo me cosí va bene. Un po' di tempo e i ragazzi si riorganizzano in campo, – commentò tranquillamente Lucio.

Gloria sbagliò un passaggio facile ed entrò in confusione. Seguí subito un recupero determinato da parte degli Sharks: Yoghi serví bene Fiacca durante un'azione a sorpresa e diede forza alla ripresa.

Martina era quella piú spaesata: avendo cominciato a giocare da poco, sentiva moltissimo la tensione e viveva nel terrore di sbagliare.

14 a 8, a 10, a 12, con un tiro spettacolare di Sédar al limite della tripla.

Laura riuscí a sgusciare sulla fascia sinistra dall'intervento di Grinta, si portò sul limite dell'area e fintò, passando poi una palla consegnata a Silvia che realizzò il 16 per la Rapida.

Otto lanciò un'occhiata di delusione a Lucio, che sedeva impassibile, e dopo l'intervallo lungo fece entrare in campo Pietro, Lev, Stekko, Tecno e Gioba, che guardò impacciato il 18 a 16 del tabellone.

– Dài, che ormai sono cotte, le befane! – urlò Paolo dalla panchina, ma se ne pentí subito appena Franceschina lo minacciò, spalleggiata da Anna, piú infuriata che mai.

– Bravi. Loro hanno sei cambi in panchina e noi solo quattro. Ci hanno raggiunto solo per il fiato. Adesso però abbiamo recuperato –. Silvia diede il cinque alla sorella e alle altre che entravano in campo.

Stekko si sentí sollevato vedendola uscire, ma non disse niente ai compagni. Salutò Ylena, che era di nuovo sul parquet e studiava il loro nuovo acquisto.

– Ehi, Gioba, quella lí con sguardo cattivo è mia di sorella.

– D'accordo Lev, starò attento a non farle male.

– No, che dico a te di stare piú attento che puoi, perché lei veloce e gioca dura. Male ti fa.

Le parole di Lev si avverarono quasi subito: dopo un assist riuscito di Stekko per Pietro, che li portò 18 a 16, gli Sharks subirono l'onta di perdere palla due volte di seguito e toccò proprio a Gioba sperimentare il palleggio a vuoto, mentre Ylena fuggiva in contropiede.

– Su la testa, Gioba! – urlò una ragazza, che si muoveva nervosamente su una carrozzina in un angolo del campo.

Il nonno di Yoghi si voltò sorpreso a osservare la nuova tifosa degli Sharks.

– 22 a 16, – si lamentò Pietro, mentre la panchina femminile non frenava piú il proprio entusiasmo.

– Time out! Molto bene, – chiamò il coach, attendendo che gli Sharks lo circondassero.

– Gioba, un occhio sempre sulla palla, uno agli avversari e uno per il compagno che si libera –. Il coach agitò la tavoletta con gli schemi sotto al naso di tutti.

– Ma cosí sono tre, io ho solo due occhi, – provò a protestare, ma Otto era già passato a dare indicazioni a Stekko.

– Sei partito male, ma adesso è okay. Sei tu che devi coordinare il gioco in campo. Usa di piú Pietro e fai avanzare assieme a te Tecno. Il quale si degnerà di darci dimostrazione di almeno uno dei suoi famosi tiri da cecchino, perché finora ha dormito! – Otto gli puntò contro il moncherino masticato della matita.

Lucio non disse nulla, ma prese in disparte Sédar e gli elencò alcuni errori di disposizione in campo, che erano stati fatti nei minuti precedenti.

Il gioco proseguí e il cesto dei ragazzi sembrava cucito a filo doppio: nessuno dei tiri di Rebecca ebbe successo e persino due delle tre entrate di Ylena finirono a canestro inviolato.

In compenso gli Sharks piazzarono un canestro a testa, realizzando il sorpasso sul 24 a 26.

Paolo e Grinta guidarono l'urlo d'incoraggiamento che partí dalla panchina e contagiò il pubblico. Quasi tutto, perché le mamme dietro al Jolly Roger piú originale che il mondo dei pirati avesse mai visto reagirono con un sonoro «Buu!»

La partita proseguí sofferta, con i canestri che si ostinavano a risputare i palloni, invece di lasciarli scivolare dentro la retina. A meno di un minuto dalla fine della partita, su un combattuto 32 a 44, Anna Girella si trovò impacciata in maniera inspiegabile per via di un calzettone che le era sceso all'improvviso, mancò l'assist di Franceschina, permettendo cosí a Gioba un recupero palla insperato e una realizzazione che, quanto a parabola, non fu per niente male.

– Brufolo Bill ci ha piazzato un 32 a 46, – si lamentò Anna, che aveva capito solo in quel preciso istante che non c'era piú niente da fare.

Nell'ultima manciata di secondi le ragazze continuarono a lottare con le unghie e con i denti, tanto da permettere a Gloria di realizzare l'ultimo canestro, su assist della Girella.

Il fischio dell'arbitro arrivò sul 34 a 46, mentre Otto e la Mordecai crollavano esausti sulle rispettive panchine.

## XI
## Spogliatoi

*Ancora con questa mania delle scarpe! Devi sganciarti dall'avere e concentrarti sull'essere, libera la tua anima dal consumismo o non sarai mai felice. Ma poi, a cosa ti servono delle scarpe nuove: tanto, a hockey, non avete i pattini ai piedi?*

[da *Esperta in tutti gli sport* della mamma di Fiacca]

Mentre gli Sharks, chiusi nel loro spogliatoio, festeggiavano la vittoria sofferta, Lilian Mordecai mandò le ragazze della Rapida alle docce.

– Basta chiacchiere: tutte a cambiarsi. I grandi discorsi tecnici li facciamo dopo una bella doccia, vi aspetto tutte in palestra.

Poi, dopo averle osservate sfilare a testa bassa, aggiunse: – Vi siete battute bene, non avete nulla da rimproverarvi e io per voi ho solo consigli. Il gioco migliora di giorno in giorno e questa, in fondo, è solo la prima partita dopo l'estate.

Poi andò alla ricerca di Otto e lo incrociò mentre usciva sorridente dallo spogliatoio.

– Bella partita capo, non puoi lamentarti dei tuoi ragazzi. Anche quello nuovo mi sembra in gamba, ha solo bisogno di un po' di rodaggio con la squadra.

Il coach arrossí ai complimenti, tanto piú che aveva sofferto per tutta la partita.

– Non c'è che dire, anche tu hai per le mani una squadra forte, temibile. Molto bene. Devi trovarti un altro paio di giocatrici per andare sul sicuro. Molto bene. Avete ancora qualche allenamento, prima che inizi anche il vostro campionato.

– A proposito, visto che siamo qui, ti ricordo che mi aspetto che tu parli con quelli della palestra per appoggiare la mia richiesta. Chiedo tre pomeriggi per gli allenamenti, mentre le partite continueremo a farle alla Dumas. È un problema per le ragazze andare fino in città per allenarsi.

– Lilian, divideremo gli stessi pomeriggi...

– Okay, lascia alle ragazze il primo turno, cosí poi tornano a casa quando c'è ancora un po' di luce. È piú sicuro.

Il primo a schizzare fuori dallo spogliatoio fu Yoghi, con i capelli intricati che ancora gli gocciolavano sulla maglia, seguito da Sédar e Stekko.

– Otto complotta col nemico, – scherzò

Yoghi, appoggiando la schiena al muretto, in attesa che uscissero anche gli altri.

Sédar trascinò Stekko alcuni passi piú in là, per bisbigliargli: – Novità dall'osservatore?

Stekko, immerso in altri pensieri, sembrò ridestarsi in quel momento e scosse la testa, sconsolato.

– Eccheccavolo! Ma quanto ci mettono quelli là? Speriamo che non ci siano problemi, – si lamentò Sédar, mentre si avvicinavano Fiacca e Gioba, presi da una fitta conversazione.

– Ehi, gente, vacca boia, sentite questo qua –. Fiacca diede una spinta amichevole a Gioba che

non vacillò nemmeno di un millimetro. – Giocava in una squadra mista, fino all'anno scorso.

– Che squadra? – chiese Yoghi.

– Una squadra di città, non l'avrete mai sentita. Giocavo con gli Scorpioni... – iniziò Gioba, che aveva il vizio di dondolare mentre parlava. Sembrava di intervistare un pescatore in alto mare che avesse appena gettato le reti.

– E sua sorella Molly gioca ancora con loro, – annunciò Fiacca, guadagnandosi lo sguardo di rimprovero di Yoghi, che disapprovava l'interesse dell'amico per la sorella di chiunque.

– Gli Scorpioni... – cercò d'intervenire Gioba.

– Sarà meglio non farlo sapere a quelle della Rapida, sono a caccia di nuove giocatrici per il torneo, – disse Sédar.

– No, ma mia sorella gioca lí da tanto e non è proprio possibile... – Gioba tentò nuovamente di aggiungere qualcosa, senza interrompere il movimento dondolante.

– E sentite un po': domani giocheranno una partita e forse anche il nostalgico Gioba giocherà un po' con loro, in ricordo dei vecchi tempi –. Fiacca interruppe il dondolio di Gioba appioppandogli una bella pacca sulla spalla. – Allora siamo tutti d'accordo? Domani si tifa Scorpioni.

– Molly gioca con una squadra che è diversa... – Lev si rivolse a Fiacca, ma in quel momento arrivarono Pietro e Paolo insieme a Tecno, dalla cui borsa colava un rivolo d'acqua.

– Tecno, non è con me che devi essere arrabbiato. È lui che ha messo dentro alla tua borsa il palloncino pieno d'acqua. Anzi forse erano due, – urlò Pietro, saltellandogli intorno.

– Sí, io ho nascosto le tre bombe d'acqua, ma chi ha colpito la borsa per farle esplodere? – precisò Paolo, cercando di farsi ascoltare dall'amico che sembrava veramente infuriato. – Tecno, è con lui che te la devi prendere.

– Sentite, io non so se è una buona idea quella di venire alla partita di domani –. Gioba cercò di riprendere in mano la conversazione.

– Che partita? – chiese Pietro, smettendo di osservare la scia che dalla porta della palestra arrivava fino alla borsa di Tecno.

– Domani si va tutti a vedere la partita della vecchia squadra di Gioba. Forse giocherà anche lui. Una squadra mista, – precisò Fiacca con un sorrisetto.

– Bene, io ci sto, – disse Checco che era arrivato alle loro spalle in silenzio, senza che nessuno lo notasse.

– Dovete sapere però che gli Scorpioni sono una squadra...

Gioba non riuscí a finire la frase perché dalla palestra schizzò fuori Grinta urlando: – Allarme rosso. Il custode sta cercando chi ha allagato la palestra con una falce in mano!

Gli Sharks schizzarono in ogni direzione, non sottovalutando nemmeno per un secondo la portata dell'allarme appena lanciato.

Tecno s'infilò nel Suv della madre, tenendo la borsa a gocciolare sopra la sua testa, per non lasciare ulteriori tracce.

Quando il custode uscí, sembrava un cane da caccia. Seguí con il viso a terra il piccolo ruscelletto che portava fino al luogo della chiacchierata, proprio sotto al muretto. Il papà di Yoghi, che lo vide alla ricerca dei colpevoli, in seguito giurò di averlo visto annusare il terreno. Si fermò dove finivano misteriosamente le tracce dell'acqua uscita dalla borsa di Tecno, guardandosi intorno con fare minaccioso.

C'erano sí delle goccioline sparse sul cemento, ma troppo sparpagliate per dargli un'idea precisa della direzione presa dai colpevoli. Il sole e l'asfalto ancora caldo stavano facendo evaporare in fretta ogni altro indizio.

Il custode rientrò bruscamente, tenendo stretto in mano uno spazzolone, non la falce che aveva creduto di vedere Grinta.

– Ehi, ma è pazzo quel tipo là, – esclamò Anna, quasi investita dalla furia del custode.

– Usciamo, dài. I ragazzi devono aver combinato qualcosa, meglio non farci mettere in mezzo –. Rebecca guidò il piccolo gruppo delle Rapida verso l'ombra del bar-gelateria.

## XII
# Riunione informale

*Tutti quelli che sono arrivati da me, sono entrati in questa palestra tenendo incerti un pallone in mano e ne sono usciti a testa alta, palleggiandolo.*

[da *Poche cose sicure* di Otto per Otto]

Il bar di Vito non era una vera e propria gelateria. C'erano tre tavolini fuori, con quattro sedie l'uno, e accanto al bancone un grosso congelatore con i gelati confezionati.

Però caffè e cappuccini li sapeva fare bene, anche se le sue brioche non erano sempre freschissime.

Le sette ragazze della Rapida rimaste si sistemarono sulle sedie, dopo aver unito due tavolini, e andarono a recuperare una sedia in piú per gli allenatori.

– Chi offre? – chiese Anna Girella, guardando con un sorriso la loro allenatrice.

– Visto il risultato della partita non dovrei essere io a offrirvi il gelato, ma voi a pagarlo a me, – rispose lei.

– Proprio perché ho visto come avete giocato, credo tocchi a me offrire –. Otto richiamò l'attenzione di Vito, che dietro al bancone controllava la vincita di un Gratta e Vinci al Presidente della Polisportiva Porto Vecchio, l'avvocato Gibboni.

– Allora, se offri tu, il gelato lo prendo anch'io, – sorrise Lilian, facendo tintinnare i braccialetti davanti alla bocca.

Otto le rispose con un gran sorriso, prima di chiamare di nuovo Vito: – Oste della malora, è mai possibile avere del gelato e una birra piccola?

Dopo poco Vito ritornò con le ordinazioni e un sorrisetto enigmatico sulle labbra.

– Ecco la sua birra, giovanotto impaziente. E attento che poi ti rimane tutta la schiuma sui baffi e fai brutta figura con l'allenatrice.

Alle sue spalle comparve l'avvocato Gibboni, curvo nella sua giacca grigio ferro, che indossava in ogni periodo dell'anno.

– Signor Spada, avrei proprio desiderio di scambiare due parole con lei, mi dispiace sottrarla a questa bella compagnia, – disse l'avvocato, ma non sembrava veramente dispiaciuto. – L'ho cercata anche a fine partita, per una ristretta riunione informale tra noi, ma di sicuro stava festeggiando con i nostri ragazzi. Una gran bella partita, un ottimo indicatore per la stagione.

BAR Vito BAR Vito

Otto fu costretto ad allontanarsi da Lilian e dalla squadra delle Rapida, ma portò con sé la sua birra.

– Gli Squali sono stati una grande sorpresa per tutta la Polisportiva, nessuno di noi avrebbe scommesso su di loro, appena un anno fa. E ancora oggi ha dell'incredibile quanta strada lei ha fatto fare ai nostri ragazzi. E pensare che noi puntavamo tutto sulle nostre squadre di calcio e... insomma, voi eravate un po' la nostra Cenerentola.

Mentre il Presidente della Polisportiva riprendeva fiato, Otto si concesse una lunga sorsata, cercando di tenere i baffi lontani dalla schiuma densa.

– In poche parole, signor Spada, le annuncio che la Polisportiva Porto Vecchio intende occuparsi in maniera specifica dei nostri giovani giocatori di basket, supportarli e aiutarli a emergere. Ecco perché, da questo nuovo inizio di campionato, ci saranno due squadre di basket a Porto Vecchio. Una doppia opportunità.

– Sí, Presidente. Lo so, sono stato proprio io ad accennarlo al suo vice. Le ragazze devono poter usufruire della nostra palestra per gli allenamenti. So che la professoressa Mordecai l'aveva già richiesto, in maniera informale.

Il discorso di Otto venne interrotto da un gesto infastidito della mano dell'avvocato.

– Femmine? No, non sto parlando di loro. È

ovvio che andremo incontro anche alla sua amica, ma parlo degli Squali. Lo sa che abbiamo già ricevuto segnalazioni da parte di un osservatore, che vuole valutare ben due dei nostri giocatori? Ovviamente noi stiamo cercando di temporeggiare. In poche parole è ormai inevitabile avere due squadre di Squali.

– Sharks, i ragazzi vogliono essere chiamati cosí. Molto bene, ma io non so nulla di osservatori. I ragazzi non mi hanno detto niente, nemmeno i genitori. Ma non capisco: se lei non sta parlando della squadra femminile… – Otto sembrava confuso.

– Ci sarà ancora una squadra Under 13, composta dai ragazzi fino alla seconda media, e un'altra per i ragazzi della terza media e della prima superiore, nella categoria Under 15 –. Il Gibboni, soddisfatto di sé, diede persino un colpetto sulla spalla al coach.

– Ma noi non abbiamo cosí tanti giocatori da formare due squadre, – disse Otto.

– Lei non considera che il Lisenz chiuderà la baracca prima che inizi il campionato, è questione di giorni, e non ci sono squadre di basket nei dintorni per chi ha finito la scuola media. Ancora pochi giorni e ci saranno due squadre di… Sharks: la squadra rossa e quella oro. Non è meraviglioso?

Otto lo guardò stupito, riuscendo a dire solo un «molto bene» poco convinto.

– Lei continuerà a occuparsi di formare le nuove leve, mentre i suoi ragazzi passeranno nelle mani esperte di Lucio. È per questo che ha già cominciato a frequentare la palestra, in modo da rendere la transizione indolore. Abbiamo bisogno di sangue giovane. Cosí Porto Vecchio avrà il suo team tecnico anche per il basket: Lucio, Mordecai e Spada. Squadra nuova, vita nuova!

L'avvocato Gibboni aveva spalancato lo sportello della sua auto e sembrava preso dalla contemplazione degli interni in pelle bianca, come se li vedesse per la prima volta.

– Adesso mi viene in mente... ma Bruno, il papà del ragazzo, resterà con lei o preferirà accompagnare gli Sharks oro? No, accompagnerà il figlio. Quindi si dia da fare a cercare anche un nuovo accompagnatore per i piccoli, magari tra i genitori dell'ex Lisenz –. L'uomo s'infilò agilmente al posto di guida.

– Io vorrei dirle... pensavo che Lucio sarebbe piú adatto per i piccoli, preferirei restare con... anche se capisco... ma credevo che Lucio fosse venuto in palestra solo per dare un'occhiata, per chiarirsi un po' le idee –. Otto, con in mano il bicchiere ormai vuoto, cercò di attirare la sua attenzione.

– No, non mi ringrazi. Lo farà quando vi riunirò tutti formalmente. Lo sa che Lucio era una promessa del basket nazionale? Dovrà stare attento con la Mordecai: quello è un tipo che ci sa fare con le donne, le darà del filo da torcere, mi creda.

– Ma cosa c'entra? Io non intendevo... la Mordecai è una collega e una vecchia amica, molto bene, ma quello che volevo dire...

Ma il Presidente della Polisportiva Porto Vecchio, avvocato Gibboni, non lo stava piú a sentire: era ripartito sgommando e lo aveva lasciato solo sul marciapiedi.

Quando Otto Spada tornò al bar da Vito era pallido come i numeri sulle maglie degli Sharks e i suoi baffoni erano rivolti all'ingiú, come quelli di un tricheco pensieroso.

– Otto, va tutto bene? – chiese la Mordecai, appoggiandogli una mano sul braccio. – Sei pallido. Gli hai parlato dei nostri allenamenti?

– Sí, sí. Ha detto che per la palestra è tutto sistemato.

Le ragazze lanciarono un urlo di gioia che fece uscire Vito da dietro al banco, con in mano l'estintore.

## XIII
## Scorpioni

*Dovete usare tutto il corpo per difendere. Non dovete andare solo con le braccia o solo con le gambe. Dovete usare tutto, dovete andare di corpo in difesa. E voi, cosa avete da ridere?*

[da *Alcune tecniche originali* di coach Lucio]

– Vacca boia! Ma perché nessuno me l'ha detto prima, quando ci siamo messi d'accordo con Gioba? – Fiacca sembrava realmente preoccupato, mentre camminava sopra al muretto.

– Be', ancora non lo sapeva nessuno –. Stekko tirò giú per un braccio l'amico, che procedeva come un equilibrista.

– No, io sapeva, perché mia sorella conosce Molly. Ma nessuno ha chiesto, – protestò Lev. – Voi sempre non badate me.

– Magari senza volere l'ho offeso, dicendo qualcosa di scemo a Gioba –. Fiacca si fermò accanto a un albero.

– Non ti preoccupare che nessuno lo avrà notato, – intervenne Yoghi, con finta gentilezza. – Tu dici sempre cose sceme.

– Quindi la sorella di Gioba è quella che stava vicino alla rampa, fuori dalla palestra? – chiese per l'ennesima volta Fiacca.

– Molly ha avuto incidente e adesso non muove piú gambe. Era in auto e autista ubriaco li ha *incidentati*, cosí dice Ylena, – precisò Lev, godendo del fatto che finalmente tutti lo stessero ad ascoltare.

– Povera, – bisbigliò Sédar e questo fu considerato una specie di avvenimento dal resto degli Sharks. – E io ho anche detto che avrebbe potuto entrare nella Rapida.

Il gruppetto degli Sharks si fermò davanti alla palestra degli Scorpioni, esitante e quasi impaurito.

– Insomma, non è mica un funerale. Allora, entriamo e vediamo la partita? – propose Yoghi agli amici che restavano immobili.

– Ma come si fa a giocare a basket se non si può camminare? – chiese Paolo, meditabondo.

– Non lo so, chiedilo al genio che ha una sorella che conosce la sorella di Gioba –. Pietro indicò Lev con la mano.

– Allora, si entra? – propose Stekko, accingendosi ad attraversare la strada.

Il gruppo lo seguí a testa bassa, cercando d'individuare l'entrata del pubblico e sistemandosi poi in un angolo in alto delle gradinate, in due file. Si guardarono attorno nervosamente, sentendosi cosí a disagio che persino Fiacca non trovava niente da dire. In campo, alcuni ragazze e ragazzi della squadra ospite si trasferivano dalle carrozzine che usavano di solito a quelle da gioco e si lanciavano saluti e sorrisi carichi di eccitazione.

– Ehi, perché cambiano carrozzine? – Stekko ruppe il silenzio, per rivolgersi a Lev che stava alla sua sinistra.

– Come faccio io a sapere di ciò? – rispose, intento a studiare quello che accadeva sotto di loro.

– Quelle per giocare hanno le ruote piú... inclinate, non vi sembra? – chiese Yoghi.

– Poverini, – bisbigliò Sédar dietro al pugno che teneva davanti alla bocca.

– Tanto poverini non mi sembra, guardate quello come va veloce, – esclamò Stekko, chinandosi verso la spalla di Fiacca.

– Guardate il numero 7 come attraversa il campo a zig zag. Che potenza, – urlò Fiacca. – Ma come fa a correre cosí veloce?

– Ahia, adesso si schianta contro il muro, – urlò Yoghi, un attimo prima che il giocatore sterzasse, quasi ad angolo retto, a pochi centimetri dalla parete sotto canestro.

– Non ci posso credere: l'avevo già visto spiaccicato sotto canestro, – disse Grinta, dando un colpo sulla gamba a Fiacca. – Come era successo a Tecno nel secondo allenamento, vi ricordate?

– Ehi, guardate quello: palleggia e si gira. Guida con una mano sola –. Yoghi stava indicando il primo giocatore degli Scorpioni che si riscaldava nell'angolo opposto.

– Io non crede che è possibile, – commentò Lev ammirato.

– Non crederai nemmeno a questo: sta arrivando tua sorella con le due Anna, – lo avvisò Checco.

Fiacca ebbe un moto di fastidio quando Anna gli si sedette davanti, praticamente quasi in braccio, ma poi continuò a osservare quello che accadeva in campo.

Ylena e Anna Girella si sistemarono dietro, alle spalle di Stekko e di Yoghi, mentre gli Scorpioni cominciavano a scendere tutti in campo.

– Qual è Molly? – chiese Stekko, voltandosi indietro.

– Quella con i capelli castano scuro e una ciocca colorata di azzurro. La vedi? Quella che ha appena fatto la curva su una ruota sola –. Ylena gli appoggiò una mano sulla spalla, indicando una delle nuove entrate.

– Scaldare le ruote, – urlò l'allenatore degli Scorpioni, avanzando sulla sua carrozzina verso il centro del campo. – Avanti, nessuno dorma in poltrona.

– Ehi, guardate, guardate là: c'è Gioba. Siamo qui, Gioba! – urlò il Grinta saltando in piedi.

Gioba li salutò con il braccio alzato, fingendo una specie d'impennata.

Anche Molly si accorse di loro, come tutti gli spettatori presenti, e si sbracciò a salutare le ragazze con grandi sorrisi.

– Anche lui ha la carrozzina, – commentò Fiacca.

– Cosa volevi, che lui giocasse in moto? – disse Yoghi.

– No, è che pensavo... – cominciò Fiacca.

– Ecco, appunto, e già sbagli: pensare. Cosa ne sai, Fiacca, di questa attività? – Pietro fu costretto a saltare in avanti e ripararsi ridendo dietro ad Anna.

– Possono giocare anche quelli che camminano? Come funziona questo sport? – Stekko si voltò nuovamente verso Ylena.

– I normodotati, Molly usa questa parola, possono giocare, ma solo finché hanno tredici anni. Gioba infatti non potrebbe piú giocare con loro. Ogni giocatore ha un punteggio, a seconda delle difficoltà fisiche che ha, e la squadra che è in campo non può superare gli 11,5 punti totali. È una cosa un po' complicata, poi te la fai spiegare da Molly che è meglio –. Ylena gli lanciò un sorriso di scusa e la partita ebbe inizio.

Nessuno di loro era preparato a quello che accadde in campo. Le carrozzine si muovevano continuamente in ogni direzione e sembravano sempre sul punto di creare un incidente mortale in un groviglio di lamiere. Alcuni giocatori erano abili nell'inserirsi nelle traiettorie degli attaccanti, per costringerli a rallentare o per chiuderli in angoli dove il passaggio era impossibile o quasi. In un attimo, spazi che prima sembravano deserti si affollavano di braccia alzate e di teste che cercavano d'individuare una traiettoria possibile. In mezzo a quegli ingorghi, partivano incredibilmente passaggi e tiri a canestro.

Alla fine del primo quarto il tabellone dava 8 a 2 per i Globe, ma nessuno aveva distolto lo sguardo un secondo dal campo.

– Ehi, è già passato un tempo, – si meravigliò Yoghi, – e non ho ancora capito come facciano a fischiare passi.

Ylena appoggiò la mano sull'altra spalla di Stekko e si sporse verso Yoghi.

– Possono fare due spinte tra un palleggio e l'altro, non di piú. Ogni volta che toccano le ruote con la mano, anche per frenare, è una spinta.

– Sembra complicato, – ammise Yoghi.

– Il 2 ha le ruote modificate, per quello va piú veloce. Vedete? Sono rosse –. Fiacca puntò la mano verso il campo, passando sopra alla testa di Anna.

– No, le ruote rosse indicano che quel giocatore ha difficoltà piú gravi, – provò a spiegare Ylena.

– E quindi si ritorna al discorso dei punti di prima, – concluse Stekko.

– Abbiamo voglia di vedere partita o stiamo qui tutti ad ascoltare sorella di me che parla? – protestò Lev.

Molly tentò una fuga sulla fascia e un gancio, forse un po' troppo lungo, che il tabellone respinse, senza pietà.

– Ma che film hai visto? – urlò il suo allenatore, ruotando su se stesso, come se non volesse piú guardare quello che accadeva in campo.

Molly però riuscí a farsi perdonare quasi subito, con un assist preciso verso un compagno con gli occhiali alla Jabbar, che realizzò senza troppa fatica.

Malgrado gli sforzi degli Scorpioni, la squadra dei Globe mantenne un vantaggio di due canestri fino all'intervallo lungo, quando tutti i giocatori si precipitarono verso una fila di borracce, ognuna con il nome del proprietario scritto sopra.

– Ehi, Ylena, ma cosa è successo a Molly, che incidente ha avuto? – Fiacca, approfittando della pausa, si voltò verso le due ragazze in ultima fila.

– Perché chiedi a loro, Mattia? Lo so anch'io –. Anna si concesse una pausa a effetto, dopo aver preso la mano di Fiacca tra le sue.

– Lo saprebbe anche lui, se solo avesse ascoltato quello che diceva prima Lev, – intervenne Stekko.

– Fiacca, adesso che lo sai non è che appena la vedi le chiedi dell'incidente, vero? Perché la metteresti in imbarazzo, – lo avvertí Anna Girella dall'alto.

– Ma davvero credete che io possa essere cosí stupido? – chiese Fiacca, sottraendo la mano alla morsa.

Nessuno rispose alla sua domanda retorica, ma tutti si limitarono a fissarlo, un po' troppo a lungo.

Quando gli Scorpioni tornarono in campo c'era anche Gioba, sostenuto dal tifo della sorella che adesso stava in panchina.

– Non tira male, – commentò Ylena. – Non si muove tanto velocemente, ma ha un tiro preciso.

– Non si può dire lo stesso in palestra da noi, – commentò amaro Sédar.

In quel momento Gioba infilò il ferro e si girò sorridente verso la panchina e poi verso un angolo delle gradinate, agitando le mani sopra la testa.

## XIV
# Molly

*Il basket che gioco io prevede anche la derapata, oltre ai blocchi e alle triple. Mi dispiace per voi poverini che non potete capire, un giorno magari ve l'insegno. Per adesso accontentatevi di vedermi all'opera.*

[da *Conosco un trucco* di Molly]

Ad aprire il corteo che procedeva compatto, occupando tutto il marciapiedi, c'era Fiacca tutto assorto nei suoi ragionamenti. Al suo fianco Gioba e Molly, che bisticciava col fratello perché non voleva che lui spingesse la carrozzina.

– Praticamente, ogni volta che si fa un cambio, bisogna ricalcolare il punteggio che fa la squadra che deve entrare? – si meravigliò Fiacca.

– Sí, deve sempre dare come somma totale 14,5, per il minibasket 11,5. Ogni giocatore ha un punteggio personale, in base alla gravità. I normodotati valgono 5 punti ed è già quasi

metà del punteggio che si può raggiungere –. Molly soffiò lontano dal naso il ciuffo di capelli azzurro che tendeva a ricaderle sul naso.

– Ma ci vuole un matematico per fare l'allenatore! – s'intromise Yoghi da dietro le spalle di Gioba.

– Sarà per questo che ne abbiamo due: Cricco e Daniele. Lele è il bipede, quello che sta sulle sue gambe e fa lo psicologo. Ma messi insieme fanno fatica a fare una somma, anche contando sulle dita di una mano, – scherzò Molly.

– Il loro allenatore è un prof di matematica, – s'intromise Anna, che cercava di superare la barriera umana schierata tra lei e la prima fila, per raggiungere Fiacca. – Quello è un tipo che andrebbe bene per voi: il coach Otto.

– No, Cricco e Lele vanno bene. Fanno a gara a chi urla di piú, ma non sono male. È stato proprio Cricco a insegnarmi il frullatore, – disse Molly.

– Quella cosa che fai sotto canestro, quando ti giri frenando all'improvviso? – chiese Fiacca.

– Già, quella cosa che non sei riuscito a fare prima, – aggiunse Gioba, ricordando i tentativi di Fiacca di muoversi con la carrozzina.

– Stai scherzando? Io sono nato su due ruote. Quello è stato un piccolo incidente, perché non ho ancora preso mano e poi non volevo finire contro al materasso del salto in alto.

– Io so solo che un attimo prima filavi come un dannato verso il canestro e subito dopo eri disteso con la carrozzina sopra di te, – rise Grinta. – Sembravi una testuggine.

– Non avevo sincronizzato frenata e curva. A proposito, grazie per avermi fatto provare il tuo bolide. Si possono modificare? Intendo dire qualche piccolo trucchetto per aumentare la velocità? – Fiacca appoggiò una mano sulla spalla di Molly. – Perché io me la cavo bene con le biciclette.

– Non mi sembrava che il problema fosse la velocità, direi piú la stabilità –. Pietro era riuscito a infilarsi tra gli amici.

– Sentilo lui, che si è rifiutato di provare quando Cricco ce l'ha proposto! – si difese Fiacca.

– Certo che ho rifiutato, dietro c'era il mio malvagio gemello in agguato, pronto a spingermi contro qualche muro.

Paolo fece finta di non aver sentito.

– Be', anche Fiacca aveva Grinta in agguato, – aggiunse Molly. – Passiamo da lí, altrimenti non riesco a scendere dal marciapiede.

– Ah, ecco perché bastava un colpetto con le mani e schizzavo come un missile. Anche la tua amica Laura se la cava bene, mi dispiace che non sia venuta con noi. Riesce a raccogliere la palla da terra appoggiandosela sulla ruota. Non ho capito come facciate, ma lei è velocissima.

Molly dovette compiere una manovra particolare, per aggirare un'auto che aveva parcheggiato male.

– Laura è simpatica, ma i suoi genitori la riportano subito a casa. È grande, soprattutto negli assist, ma la regina del pitturato sono io: entro ed esco dall'area senza mai perdere la palla e spero che abbiate notato le mie realizzazioni, non è vero? Comunque non vedo l'ora di mettere in rete le foto che ho fatto col cell. Soprattutto quella della spintina che ti ha dato Grinta.

– Sí, quella voglio proprio vederla –. Fiacca assunse un tono minaccioso nei confronti dell'amico.

– Si trattava di un piccolo aiuto per un principiante, ti ho visto in difficoltà nella fase di... decollo –. Grinta ridacchiava al riparo dell'ombra di Yoghi.

– Ma perché la carrozzina che ho preso io era diversa? Aveva il sedile inclinato –. Anna finalmente era riuscita a emergere dalla retroguardia.

– Per gli atleti che non hanno mobilità del bacino la seduta è inclinata all'indietro, in modo che abbiano piú stabilità, – spiegò Molly. – Per evitare di rovesciarsi.

– Io non ho capito come hai fatto a rialzarti da sola quando sei finita al tappeto, stile Fiacca, – chiese il Grinta.

– Ehi, bipede, non è che puoi imparare tutto la prima volta. Prima devi scaldare bene le ruote. È una mia specialità –. Molly fece il cenno di far impennare la carrozzina e scoppiò a ridere. – Piuttosto, facciamo il giro per di qua, perché da quella parte non c'è lo scivolo per salire, ma solo scalini altissimi. E poi non voglio passare dove ci sono le radici degli alberi che mi fanno venire il vomito, con tutti quei salti.

– Il vostro Cricco si arrabbia come il nostro Otto per Otto? – chiese Yoghi.

– Non l'avete sentito quando siamo arrivati? – Molly riprese cercando d'imitare il vocione del suo allenatore: – Lasciare le carrozzine a destra o a sinistra, non sparpagliatele sotto canestro, tutte le bottiglie d'acqua qui in fila, non voglio vedervi andare in giro per il campo. Ehi, tu, cosa stai facendo?

Tutti risero, persino Gioba che continuò: – Fiacca, se te la cavi con le biciclette, potresti darci una mano. Capita di dover cambiare qualche ruota o di dover gonfiare le gomme.

– Se me la cavo? È come chiedere a un Velociraptor se ce la fa a correre. È come chiedere a un pirata se riesce ad abbordare una nave, è come...

– Credo di aver capito che il tuo era una specie di sí, vero? – lo bloccò Gioba. – Allora da oggi gli Scorpioni possono contare su un nuovo meccanico professionista?

Fiacca ricacciò in gola tutti gli altri paragoni che aveva pronti sulla punta della lingua e si limitò a fare di sí con la testa, arrossendo un po'.

– Ma a chi è venuto in mente di giocare a basket in carrozzina? – chiese Ylena.

– Non so chi abbia avuto questa idea per la prima volta, ma alla fine della Seconda guerra mondiale c'erano tanti soldati che erano tornati a casa feriti, – rispose Gioba, trascurando per un momento Fiacca.

– Anche oggi ci sono molti feriti, in giro, – proseguí Molly. – C'è chi come me ci rimette le gambe in un incidente stradale.

Sul piccolo corteo calò all'improvviso un silenzio di ghiaccio.

Continuarono per un po' a camminare senza parlare, aggirando auto mal parcheggiate ed evitando i tratti di marciapiede sconnesso.

Poi Fiacca non seppe resistere e le chiese se poteva spingere la carrozzina e salirci sopra. – Come una specie di bob. Si può fare?

– Dài, io vi spingo, – propose il Grinta.

Avevano quasi convinto Molly, ma Gioba fu irremovibile e modificarono il loro percorso per evitare un tratto di acciottolato che avrebbe fatto vibrare le ruote come un terremoto di media portata.

## XV
## Delusione Stekko

*È indispensabile che qualcuno inventi al piú presto un tasto rosso, anche se non fosse* touch *andrebbe bene lo stesso, con su scritto* ELIMINA, *per poter cancellare dalla mia vita alcune esperienze che non mi piacciono. Lo premi e ti chiede:* VUOI DAVVERO ELIMINARE QUESTI MOMENTI? *«Sí», risponderei.*

[da *Un pulsante rosso* di Stefano detto Stekko]

All'allenamento del martedí Stekko era arrivato con un leggero ritardo, già in divisa però, in modo da recuperare e fare il suo ingresso in palestra senza beccarsi qualche suicidio di punizione. Il piano prevedeva di evitare le ritardatarie della Rapida, che da quella settimana si sarebbero allenate il turno prima degli Sharks, e riuscire a sgusciare in palestra senza incontrare nessuna di loro. All'inizio non voleva incrociare soltanto Silvia, per risparmiarsi le ripercussioni dolorose che ciò avrebbe comportato.

Ma dopo una breve riflessione aveva deciso che anche imbattersi in Rebecca avrebbe avuto effetti nefasti sul suo umore, visto che erano sorelle. Non avrebbe comunque sopportato nemmeno le occhiate compassionevoli di Franceschina, o le domande inopportune di Anna. Ecco perché intendeva schivarle in blocco, tutte, nessuna esclusa.

Quella faccenda cosí poco chiara e portatrice di grandi sconvolgimenti di stomaco, che molti chiamavano amore, andava fuggita, ignorata, tanto piú che continuava a non sapere cosa fosse successo. Nessuno aveva ritenuto fosse il caso di dargli una spiegazione, nemmeno Silvia. Le cose erano cambiate e basta. Questa era l'unica certezza e a lui serviva del tempo per... non sapeva nemmeno lui per fare cosa. Dimenticare Silvia seduta al bar con un altro ragazzo, invece di essere sorridente ad aspettarlo sotto casa sua?

Intanto aveva cancellato dalla memoria del telefono tutte le foto in cui compariva Silvia e i suoi sms, ma non era servito granché. Di messaggi poi, non ne aveva mandati piú.

Arrivò in derapata davanti al posteggio delle bici e lanciò il borsone sull'erba, estraendo da sotto la sella catena e lucchetto, prima ancora che le ruote avessero smesso completamente di girare. Quando si rialzò, trovò il viso di Sédar a pochi centimetri dal suo.

– Adesso arrivi? Bella forza, tu sei già cambiato e io qui che ti aspetto. Vuoi farmi beccare una serie di suicidi di punizione?

Stekko lo guardò senza capire e si chinò a recuperare la borsa.

– Cosa ti ha detto l'osservatore? I tuoi hanno già parlato con il coach? Mio padre viene oggi dopo l'allenamento, perché ormai si tratta di pochi giorni e bisogna dirglielo, soprattutto se poi dovremo abbandonare gli Sharks.

Sédar sembrava una mitragliatrice ed era piú nervoso del solito, mentre lo precedeva verso l'entrata. Camminava all'indietro e continuava a parlare. Un'ombra di sudore gli luccicava sulla pelle nera delle tempie.

– Io non ho detto niente agli altri, come eravamo d'accordo, ma prima o poi bisognerà parlargliene, quindi direi di farlo assieme.

Stekko continuava a non capire e lo guardava muto. Allora Sédar lo bloccò, appoggiandogli le dita affusolate sul petto, proprio davanti alla porta a vetri.

– Ascolta, lo so che noi due non siamo proprio amici del cuore. Forse la colpa è stata anche di Silvia, che ci ha messo uno contro l'altro. Ma adesso siamo dalla stessa parte e dobbiamo essere uniti. Tra poco comincia la nostra avventura. Ho comprato delle scarpe nuove che sono la fine del mondo. Vuoi vederle?

– Sédar, non ti seguo. Spiegati meglio, –

esclamò Stekko, innervosito. Non sarebbe mai riuscito a dimenticare Silvia, se tutti continuavano a nominargliela.

– Ci hanno preso per i regionali, possibile che tu non lo sappia? L'osservatore ha richiesto espressamente noi due. Ho domandato a mio padre e lui me l'ha confermato. I tuoi non ti hanno detto nulla? Hanno chiamato anche loro.

In quel momento, proprio alle spalle di Sédar, comparve il Grinta, con i pantaloncini pericolosamente bassi.

– Ultima chiamata per i due che si beccheranno una valanga di suicidi per il ritardo. Il coach è già dentro e non sembra del suo umore migliore, – li avvertí, prima che i due compagni scomparissero nello spogliatoio.

Sédar fece un gesto eloquente che richiamava il silenzio, senza farsi notare dal Grinta.

Stekko si limitò a buttare la borsa sopra a una panca e si precipitò in palestra.

Ovviamente a Stekko e a Sédar toccarono un bel po' di suicidi per punizione, ma la cosa sorprendente fu il modo in cui il coach urlò di correre. Sembrava nervoso come a una finale.

Un minuto dopo, quando Fiacca, appena entrato, tentò di mettere in dubbio la precisione dell'orologio da polso di Otto per Otto, l'ipotesi che qualcosa non andasse ebbe la sua conferma.

– Di corsa! – urlò Otto, con le vene del collo che sporgevano e la pelle del viso di un pellerossa. Per fortuna aveva la mano che gli tremava e non riuscí ad artigliare il fischietto, altrimenti avrebbe potuto far saltare la vetrata della palestra.

– Ma che gli è preso? Vacca boia se è nervoso, – brontolò Fiacca, iniziando la serie di corse prescritte.

Lucio, nella sua solita tuta giallo fiammante, rimase appoggiato alla parete a guardare con occhi sornioni gli esercizi di riscaldamento, finché Otto, ormai rauco, non prese in disparte Tecno e Gioba, lasciandogli tutti gli altri per il potenziamento.

– Qualcuno mi avvisi se mi sto trasformando sul serio in uno squalo: non sento piú le gambe, – si lamentò Pietro, accasciandosi contro il gemello alla prima pausa.

– Togliti che puzzi... di pesce –. Paolo lo spinse lontano dalla sua spalla.

– È cosí bello vedere due fratelli che si vogliono bene, – commentò Yoghi, cercando di ravviarsi il ciuffo che sembrava appassito sulla sua fronte. – Come Caino e Abele.

– Teniamo duro, che tra poco arriva la partitina e ci divertiamo un poco, – intervenne Fiacca. – Che ne dici Lev?

– Dico che Lucio ha tolto fiato per parlare –. E si chiuse in un silenzio ansimante.

Quando Otto rimandò in campo anche gli altri due giocatori, si organizzarono per la partita di fine allenamento: quattro contro quattro, con i cambi volanti.

Stekko, che pur aveva atteso con ansia quel momento, adesso era cosí deconcentrato da sbagliare praticamente tutti i tiri e tutti gli assist.

– Ehi, dove sei con la testa? – gli chiese Fiacca, che credeva di conoscere già la risposta, che secondo lui cominciava con «S» e finiva con «ilvia».

In realtà Stekko stava pensando a quello che gli aveva detto Sédar prima di entrare. Possibile che i suoi avessero parlato con l'osservatore e non gli avessero detto nulla? E lui era stato realmente convocato per i regionali, oppure qualcuno aveva capito male? Otto era cosí nervoso perché aveva saputo e adesso era mortalmente offeso con lui?

Sbagliò una presa facile su suggerimento di Yoghi e passò troppo lontano da Checco, che lo guardò malissimo.

L'osservatore al camp li aveva notati tutti e due, infatti l'istruttore poi aveva consegnato un biglietto da visita a lui e uno a Sédar, non poteva essersi sbagliato.

O forse sí. Achille poteva averlo confuso con Checco, magari era lui quello che volevano. Oppure avevano avuto un ripensamento, o era rimasto solo un posto libero.

Checco chiese la sostituzione e Stekko se ne andò a bordo campo a rimuginare. Appena tornato a casa avrebbe chiesto a suo padre.

Quasi non sentí il fischio finale e, se non ci fosse stato Sédar a richiamare la sua attenzione, nemmeno le parole del coach che chiedeva proprio a loro due di fermarsi alcuni minuti.

– Adesso lo sentiamo, – bisbigliò Stekko al compagno di sventura, muovendosi con la testa bassa e le braccia abbandonate lungo i fianchi.

Sédar non rispose, ma anche lui era teso e nervoso.

Gli altri Sharks uscirono, senza farci troppo caso, pensando fosse uno strascico di punizione per il ritardo. Fiacca, meravigliandosi per la sua buona sorte, si nascose dietro alla sagoma di Gioba, finché non fu al sicuro in doccia.

Otto li chiamò vicino a sé, mentre Lucio controllava che non fosse rimasto nulla in giro per la palestra.

– Allora, volevo essere il primo a farvi i complimenti. So che sarete convocati per gli allenamenti della selezione regionale. Mi dicono che un osservatore importante vi ha visti a quel camp, l'*Adventure Basket*. I miei complimenti.

– Non è arrabbiato, coach? – chiese Sédar, titubante.

– Perché dovrei esserlo? – rispose Otto, fissandolo negli occhi.

– Be', perché andiamo a giocare con un'altra

squadra, con la selezione dei migliori giocatori regionali e questo significa che, prima o poi, lasceremo gli Sharks. La abbandoniamo. Non vorrei che lei pensasse... – Sédar non riuscí ad andare avanti.

– Ma cosa dici, io sono contento per voi. È un'opportunità, nella vita non si può mai sapere. E poi, a volte capita che si venga obbligati da circostanze esterne a lasciare qualcosa o qualcuno, a fare cose che non vorremmo fare... molto bene –. Otto concluse bruscamente il suo discorso e si voltò a guardare Stekko. – Avete fatto bene a mantenere il segreto con i vostri compagni, almeno finché la cosa non è sicura al cento per cento. Non preoccupatevi, anche io saprò tenere il vostro segreto... molto bene, farò finta di non sapere nulla.

Otto di nuovo fissò Stekko, che non aveva ancora aperto bocca.

– Coach, ma è sicuro che la cosa riguardi anche me?

– Certo Stefano. Mi hanno fatto i vostri nomi, non c'è alcun dubbio.

– Ecco, perché in realtà, dopo il camp io non ne ho piú saputo niente e i miei non mi hanno detto nulla.

– Oh, te lo diranno stasera. Ormai i tempi sono ridotti e gli organizzatori si aspettano una conferma sicura –. Otto si passò una mano sui baffoni, prima di spedirli in spogliatoio.

Li guardò mentre correvano fianco a fianco. Chi poteva immaginare che quei due si fossero odiati fino a non molti mesi prima? Otto era molto soddisfatto del cambiamento che Sédar aveva fatto. Il ragazzo era uscito da quella fortezza di superiorità in cui si era rinchiuso, e adesso riusciva persino ad accettare le battute dei compagni e i loro scherzi. Stekko sarebbe stato in grado di aiutarlo a fondersi ancor meglio con gli Sharks, perché aveva un buon carattere.

Avrebbe sentito la loro mancanza. Cosí come sarebbe stato pesante non rivedere piú lo sguardo truce di Checco o sentire l'italiano molto originale di Lev, o i discorsi strampalati di Fiacca. Presto si sarebbe occupato della squadra rossa, quella dei piccoli.

Gli tornarono in mente tutte le trasferte e le pazzie dei due gemelli e Tecno, le prime volte che veniva in palestra, cosí imbranato e timoroso.

– Gliel'hai detto che avranno un nuovo allenatore? – Lucio gli si avvicinò, parlando sottovoce, anche se nessuno dei ragazzi era rimasto in palestra. – Forse questo è il momento buono.

– C'è ancora la partita di ritorno con la Rapida –. Otto si avviò verso il tavolino dove aveva lasciato la sua felpa e poi brontolò passando sotto a uno dei canestri: – Credo che niente sarà piú come prima.

## XVI
## Casa dolce casa

*Dopo la schiusa delle uova i genitori di questo tipo di Ciclidi tengono i figli in bocca per alcuni giorni e non lasciano che si allontanino troppo. In caso di pericolo riprendono i piccoli in bocca.*

[da *Il libro dei pesci d'acquario di Stekko* di autore cancellato dal tempo e da una vasta macchia, probabilmente budino alla cioccolata]

Quando Stekko arrivò a casa, i suoi erano ancora fuori per la spesa settimanale.

Controllò se gli avessero lasciato un messaggio qualsiasi. Ispezionò il pannello di sughero in cucina, dove due bollette giacevano spiegate e spillate, accanto alla cartolina che aveva imbucato al baretto dell'*Adventure Basket Camp*, proprio quell'estate. Si vedevano l'entrata e le cime dei pini che spuntavano dietro al portale dell'ingresso, decorato con delle greche, e alcuni profili di improbabili capitelli antichi.

Non c'era nulla nemmeno fissato al frigo, sotto a una delle calamite comprate nelle capitali europee che avevano visitato tutti assieme, quando lui faceva le elementari. Come ultima possibilità guardò accanto al telefono, casomai fosse rimasto un appunto di qualche telefonata, magari un foglietto che dicesse: «Stefano-Basket-Regionali-Osservatore».

– Giusto per fantascienza, diamo un'occhiata anche in camera.

Anche lí non c'era nulla di nuovo e Larry Bird, dal suo poster gigante con il trifoglio dei Celtics, lo guardò con un sorrisetto poco incoraggiante.

– Ehi, campagnolo, non ridertela troppo. È solo questione di tempo e arrivo anch'io da quelle parti. Preparati, è già nato chi potrà stupire la tua vecchiaia.

Raddrizzò la foto della sua prima squadra e sistemò il gagliardetto che gli aveva regalato il capitano dei Kalev, la squadra della Lituania che avevano incontrato al Torneo del Villaggio dei Fiori.

Prese il barattolo del mangime per pesci tropicali da dietro la foto, formato jumbo, delle squadre che si erano sfidate durante la trasferta a Pesaro.

Sul retro del cartoncino s'intrecciavano una folla di firme a colori diversi, con piccoli schizzi e disegnini, che gli riportarono alla mente visi amici e incredibili avventure.

Il cellulare, abbandonato sopra al suo letto, emise un piccolo suono: era Sédar che, impaziente, chiedeva notizie.

Sédar era decisamente un tipo fortunato: appena suo padre aveva saputo della convocazione dell'osservatore, si era precipitato a comprargli un paio di scarpe nuove. I suoi si erano limitati a un sorrisino di circostanza, quasi avesse fatto loro un dispetto.

– Il basket è dentro di me, come un odore. Nessuno può togliermelo, – mormorò, lanciando nuovamente il telefono sul letto, senza rispondere.

In soggiorno sollevò il coperchio dell'acquario e sparse due pizzichi di mangime in scaglie, dal forte odore di pesce e alghe, poi lo richiuse e si chinò a guardare le forme velocissime che scattavano verso la superficie.

– Ehi, piano, cosí ti soffochi! – Il piú veloce dei Brachydanio aveva afferrato un'enorme scaglia rossa di cibo che stava scendendo verso il fondo e l'aveva ingoiata quasi interamente, prima che un altro pesce riuscisse a portargliela via.

Un paziente pesce spazzino perlustrava i sassolini alla ricerca di qualcosa di buono, sfuggito alla caccia dei pesci di superficie.

– Speriamo ti lascino qualcosa, vecchio mio, – commentò Stekko, prima di riporre il barattolo.

In quel momento sentí lo scatto della serratura che si apriva e suo padre e sua madre che trascinavano in casa la spesa.

– Ecco qua chi ci darà una mano. Stefano, per favore prendi la borsa che ha tua madre, che tra l'altro credo debba correre in un certo posto.

Mentre sistemavano gli acquisti, Stekko fece la domanda che gli girava in testa da tutto il pomeriggio, come se si trattasse di una cosa senza importanza.

– Papà, ma non ha ancora chiamato la società che mi doveva contattare, quella dell'osservatore? Perché Sédar è già stato convocato e tra quindici giorni fa il primo allenamento.

Suo padre infilò maldestramente un barattolo di yogurt in frigo, ma la confezione gli scivolò dalla mano e per poco non si schiantò sul pavimento.

– L'osservatore dici, quello del biglietto da visita? Il tipo che hai incontrato al camp questa estate?

Tutte quelle domande da parte di suo padre non erano un buon segno e Stekko drizzò le orecchie. Sentí sua madre che usciva dal bagno, ma a quelle parole ci ritornò precipitosamente.

– Sí, avrebbe dovuto chiamare. Insomma, aveva detto che si sarebbe fatto vivo e siccome ha già chiamato Sédar...

Anche le altre confezioni di yogurt finirono in frigo e suo padre si chinò per stivare ordinatamente i surgelati in freezer.

– Sí, ha chiamato e abbiamo chiacchierato a lungo. Volevo parlartene proprio stasera, perché domani lo devo richiamare per dargli la risposta definitiva.

Ormai, anche grazie all'aiuto di Stekko, la spesa appena fatta era sparita dentro al frigo e nei mobiletti della dispensa, eccetto una borsa che sarebbe finita in bagno o nell'armadietto delle pulizie in terrazza.

Si guardarono per un momento, a mani vuote, entrambi con la bocca semiaperta: uno in attesa di sentire e l'altro con le parole che faticavano a uscire.

– Ne ho parlato anche con la mamma, vedi, adesso sei grande e puoi capire.

Ormai tutti gli istinti primordiali e selvatici di Stekko erano in allarme: quando suo padre lo trattava da grande c'era sempre una fregatura. Non gli aveva mai detto: «sei abbastanza grande, oggi ti faccio guidare la macchina, anche se non hai la patente». Nemmeno: «sei abbastanza grande per decidere se puoi fare il bagno al largo e quanto stare in acqua» o «a che ora tornare per cena» o «quanto puoi spendere in cinema e dvd».

L'essere grande voleva dire di solito portare fuori le immondizie o il contenitore dell'umido, studiare di piú senza che nessuno glielo dicesse, perdonare i compagni che lo avevano preso in giro e non cercare piú di staccare la testa ai bulletti del calcio.

– La scuola è il tuo primo impegno. Sei in terza e questo è un anno importante. Il basket va bene, ma se aggiungiamo altri allenamenti e nuove partite, non riuscirai piú a tenere il ritmo e finirai col prendere brutti voti. Inoltre, gli allenamenti dei regionali non li fanno alla palestra vicino alla Biblioteca, dove puoi andare anche da solo, ma in un'altra città, e né io né la mamma siamo sicuri di riuscire ad accompagnarti ogni volta.

– Ma... – Di tutto quello che Stekko avrebbe voluto dire in quel momento, questa semplice e inutile sillaba fu tutto quello che la sua bocca riuscí a produrre.

– Capirai bene anche tu che diventa tutto complicato e comunque non sarà il basket il mestiere della tua vita, prima di tutto viene lo studio, lo abbiamo sempre detto...

– Ma... – ripeté lui, cercando di fermare le parole di suo padre.

– E poi devi valutare che, accettando questo trasferimento, c'è l'eventualità che tu in futuro debba abbandonare gli Sharks per giocare con un'altra squadra, e tu non vuoi abbandonare i tuoi compagni, vero?

Tra i tanti discorsi e i nobili motivi che suo padre avrebbe potuto tirar fuori, questo era il piú stupido, inutile e sbagliato. Attraverso il velo di lacrime che gli filtrava le immagini del mondo, Stekko si accorse che davanti non aveva piú lo stesso uomo che lo aveva incoraggiato a non mollare, a tener duro quando si crede in qualcosa, a non accettare le ingiustizie.

Si voltò verso la parete dell'acquario, dove il pesce spazzino ispezionava il fondale alla ricerca di fiocchi di cibo che non stavano da nessuna parte, se non nelle pance di pesci piú furbi e piú veloci di lui.

Corse in camera e per poco non investí sua madre, che finalmente si era decisa a uscire dal bagno.

Appena richiuse la porta alle sue spalle, sentí suo padre che lo chiamava e poi la voce di sua madre. L'unica risposta fu il sorriso sarcastico di Larry Bird che, dalla parete di fronte lo guardava, come a dirgli: «te l'avevo detto io».

Stekko si lasciò cadere sul materasso e il cellulare fece una capriola finendo verso i piedi del letto, mentre un pianto caldo, di rabbia e delusione, gli rigava le guance.

Sédar, la cui unica preoccupazione sarebbe stata se mettere subito le scarpe nuove o rodarle prima in palestra con gli Sharks, sicuramente non aveva problemi di questo tipo: il padre aveva fatto salti di gioia dal primo momento.

Suo padre invece l'aveva presa piú come una disgrazia che come un onore.

## XVII
## Reazione Sédar

*A volte persino essere il migliore mette tristezza, perché è solo un altro modo di sentirsi soli.*
[da *Pensieri da non confidare mai a nessuno* di Sédar]

Sédar era l'unico con cui potesse confidarsi, perché per la prima volta aveva un segreto che nessuno degli Sharks conosceva. Digitò velocemente un sms, quasi con odio verso se stesso, per comunicargli che lui non sarebbe andato da nessuna parte, e poi si distese, ficcandosi il cuscino sulla faccia, per non sentire i rumori della cena che stavano preparando di là.

Il telefono ebbe una vibrazione leggera, soffocata, poi un'altra piú decisa, quasi seccata che nessuno avesse ancora risposto alla sua educata prima richiesta.

Stekko si schiarí la voce con dei piccoli colpi di tosse, mentre la vibrazione continuava.

– Ehi, – rispose, augurandosi che fosse sparita ogni traccia di pianto dalla sua voce.

– Cosa significa che non vieni? Stekko, hai spiegato bene a tuo padre di cosa si tratta? – Sédar aveva il tono di voce di chi si rivolge a un bambino molto piccolo.

– Gli ho spiegato tutto, ma non c'è niente da fare. Pensa: ha già parlato con l'osservatore e a momenti lui non mi diceva nemmeno una parola. Non c'è niente da fare.

– Ma si può sapere almeno il perché? – Il tono di voce era diventato decisamente alterato, quasi fosse in pericolo la sua partecipazione ai regionali.

– Ha detto che non possono portarmi e che la scuola è importante e che rischio di non farcela in terza... cose cosí, insomma.

Stekko avrebbe voluto tagliare velocemente quella conversazione, perché non era sicuro che sarebbe riuscito a trattenere ancora il pianto per molto e sentiva come se un chiodo gli trafiggesse le tonsille.

– Ma non dobbiamo pagare niente. Gliel'hai detto?

– Sédar, non è un problema di soldi.

– Allora non capisco dove stia la difficoltà.

Sédar doveva aver preso davvero a cuore la faccenda, si sentiva che gli dispiaceva veramente e Stekko si chiese, con la parte di cervello che non era sotto shock per il rifiuto paterno appena ricevuto, in quale preciso istante fossero diventati cosí amici, loro due.

– Per lui non è cosí importante che io vada ai regionali e magari a giocare in futuro con una squadra famosa.

Dalla linea arrivarono lunghi secondi di silenzio.

– Prova a passarmelo, che ci parlo io.

– Dài, Sédar, stai scherzando? Non servirebbe a niente.

Dall'altra parte arrivò la voce di una donna che chiamava tutti a cena.

– Stekko, adesso devo andare, ci sentiamo dopo –. Sédar mise giú in fretta e passò in bagno, a insaponarsi con attenzione le lunghe dita, badando a passare la schiuma in ogni piega della pelle. Nel frattempo gli martellava tra le tempie il pensiero che si sarebbe trovato da solo ad affrontare una squadra nuova, dove non conosceva nessuno. Non dei dilettanti, come al primo allenamento degli Sharks, ma un gruppo di professionisti della palla a spicchi, piú alti di lui e piú grossi, a cui non avrebbe potuto insegnare nulla.

Sentí un brivido lungo la schiena e si chiese se non si trattasse di paura.

Immaginò il suo primo ingresso in palestra, a testa bassa, mentre tutti scherzavano, un momento di silenzio improvviso quando si fossero accorti di lui, qualche commento bisbigliato, magari sul colore della pelle, una battuta a mezza voce, risatine alle sue spalle. Da solo, senza nemmeno un viso conosciuto, qualcuno verso il quale girarsi, con cui fare i primi esercizi, con cui stemperare l'ansia e il nervosismo. Poter scherzare su un tiro sbagliato, senza che il silenzio ti pesi addosso.

Poter dire a suo padre di aver fatto almeno meglio di un altro. Di Stekko.

Sédar entrò in sala da pranzo, con il passo lento e gli occhi bassi di uno sconfitto.

Suo padre se ne accorse dallo sguardo che la madre, di colpo attenta e silenziosa, rivolse al figlio.

– Tutto bene, figliolo? – chiese lui, spiegando il tovagliolo con un elegante movimento del polso.

Sédar alzò lo sguardo e si accorse che entrambi lo stavano osservando con preoccupazione, perché in fondo gli volevano bene. Certo che gli volevano bene, e a loro poteva confidare quello che lo faceva soffrire, almeno una parte.

– Sí papà, è solo che ho sentito Stekko al telefono e forse i suoi non lo lasciano venire ai regionali.

In tavola c'era minestra di verdure e lui odiava qualsiasi primo che non si potesse gestire con la forchetta, ma decise di sedersi e d'impugnare il cucchiaio.

– E perché mai?

– Credo sia un problema di come va a scuola, ma soprattutto di spostamento: non ha chi lo possa portare agli allenamenti.

La prima cucchiaiata di minestra era sempre terribile, perché sua madre si rifiutava di centrifugare e sminuzzare tutto, cosí di solito lui pescava un brandello di sedano o qualcosa di ancora piú orribile, tipo un filo di spinaci molli come alghe.

Cominciarono a mangiare in silenzio. Il posto di suo fratello non era stato apparecchiato, segno che non lo aspettavano per cena.

Il padre si passò il tovagliolo candido sulle labbra, prese un sorso d'acqua e finalmente parlò.

– Sembra sia un avvenimento di grande importanza, per te. Siete amici, voi due? Come va a scuola questo Stekko?

Sédar ci pensò un poco su. Di certo non erano amici, anzi era sicuro che l'odio che aveva provato dovesse essere stato ricambiato ampiamente anche dall'altro. Però ricordò il senso di vuoto all'idea di andare da solo agli allenamenti fuori città. Lui voleva che ci fosse anche Stekko, ma era una cosa troppo complicata da spiegare a parole.

– Penso di sí, Stekko e io siamo amici. E non credo che vada poi cosí male a scuola.

– E questa sua defezione per te è una cosa importante, mi sembra di capire.

Fece di sí con la testa e come gesto propiziatorio ingoiò due cucchiaiate di minestra senza fiatare.

– Se la qualità del rendimento scolastico può essere mantenuta con successo dal tuo amico, non vedo perché non potremmo aiutarlo noi a risolvere il problema di trasporto. Ti ho promesso che ti avremmo accompagnato, io o tuo fratello, non sarà un gran sacrificio caricare anche questo tuo amico –. Il padre di Sédar si concesse un grande sorriso, mentre sua moglie, estasiata, si lasciò andare a un breve applauso. Il figlio, con grande spirito di sacrificio e di riconoscenza, finí la minestra.

– Dici sul serio, papà?

– Certamente, se dovesse rendersi necessario il mio intervento per convincere il genitore in questione, non esitare. D'altra parte adesso sono anche uno dei dirigenti della Polisportiva Porto Vecchio, non dimenticarlo.

Sédar si precipitò al cellulare, ma stavolta nessuno rispose.

Stekko, durante la cena, aveva mangiato in silenzio l'ultima insalata di riso della stagione. Aveva passato la brocca dell'acqua o il cestino del pane, quando gli era stato richiesto, ma non aveva partecipato alla conversazione.

Aveva tenuto gli occhi arrossati rivolti al piatto e non aveva aperto bocca, nemmeno quando era apparso il budino al cioccolato, preparato secondo la ricetta *extra strong* Ben Grimm, invenzione segreta di suo padre.

Quando fece per alzarsi e tornare in camera sua, la madre lo fermò.

– Stefano, forse non hai capito bene il motivo per cui è meglio che tu non vada a questi regionali.

– No, ho capito. Solo che non trovo giusto rinunciare, – rispose Stekko, fermo in piedi. – Io mi sono impegnato, a scuola e nel basket. Penso di meritarmelo.

Sua madre si sedette sul bracciolo della poltrona, mentre suo padre si tormentava la fede d'oro all'anulare.

– Non mi avete nemmeno chiesto quanto sia importante per me, – proseguí, fissandoli negli occhi.

Parlarono di liceo, di palestre e di autobus, di voti scolastici e di allenamenti. Il budino nel suo piatto diminuí sensibilmente e alla fine i due genitori si guardarono con un sospiro.

– Va bene, se troviamo un modo per farti andare, ci andrai, – concesse alla fine suo padre. – Ma devi promettere che i tuoi voti non caleranno. Adesso cerchiamo di trovare una soluzione per portarti agli allenamenti...

– Voti giú, fine dei regionali, – precisò sua madre e poi gli passò una mano tra i capelli. – D'accordo Stefano?

Stekko stava per promettere solennemente

con un gran sorriso, quando il telefono di casa squillò e lui corse a rispondere.

– Papà, c'è il papà di Sédar al telefono. Vuole parlare con te.

## XVIII
## Pugnali alle spalle

*Anche a scuola bisogna fronteggiare il pericolo, non nascondersi. Nel basket però è piú facile riconoscere chi hai contro: gli altri hanno una maglia diversa. Tieni il tuo canestro alle spalle e guarda l'avversario che avanza, senza paura.*

[da *Noi contro il resto del mondo* di Checco]

Da quando era suonata la fine della ricreazione, Yoghi aveva smesso di pensare razionalmente. Per tutta la mattina aveva cercato di convincersi che suo padre era stato convocato a scuola perché era il rappresentante di classe e che non c'era motivo di preoccuparsi, ma poi aveva incontrato lungo il corridoio Frego, Veleno e Ciccio e lí era crollato. Il terzetto dei calciatori era appena uscito dall'aula insegnanti e sembravano tutti stranamente allegri, pur avendo rinunciato ad alcuni preziosi minuti di intervallo.

Veleno, beccheggiando sulle sue gambe storte, lo aveva indicato ai suoi compari, prima di scoppiare in una risatina sinistra, mentre gli altri gli facevano «ciao ciao» con la mano.

Rientrato in classe, Yoghi aveva tenuto d'occhio l'angolo di parcheggio che si poteva vedere dal suo posto, per il resto della mattina. Proprio mentre suonava l'inizio dell'ultima ora, aveva intravisto l'auto del padre infilarsi tra la moto della Mordecai e l'utilitaria rosa della prof di musica.

A quel punto tutti i suoi neuroni erano entrati in contatto con l'organo della speranza, che doveva essere situato da qualche parte dentro il suo stomaco.

– Speriamo che non ce l'abbiano con me, speriamo, speriamo... – ripeteva sottovoce, finché il supplente non gli chiese a sorpresa i capoluoghi di provincia del Veneto, che non erano nemmeno in programma, tra l'altro.

Dopo aver elencato Venezia, Verona, Vicenza, Vercelli, Varese, Vibo Valentia, Veracruz e Varsavia, tentò una seconda volta con Padova, Parma, Pistoia, Pesaro, Panama...

– No, Pesaro no, perché ci sono stato per un torneo e nessuno parlava veneto là, – cercò di correggersi, ma lo sguardo dell'insegnante restava impenetrabile. – Però magari venivano tutti da altre regioni.

Le ondate di calore terminarono di attraversare il corpo di Yoghi solo quando dalla porta spalancata la bidella lo chiamò con un gesto.

– Matteo, in presidenza.

Da quel momento cominciarono i brividi di freddo. Di colpo calò un silenzio cosí assoluto tra i compagni che neanche durante i tiri liberi di Checco si era mai sentito.

Si alzò, rischiando di far cadere la sedia, e Stekko gli fece un cenno che tutto era okay, sollevando i due pollici. Gioba e Fiacca, spalla contro spalla, lo seguirono con lo sguardo dai loro banchi, senza trovare niente da dirgli.

La bidella, forse per evitare che tentasse la fuga, gli appoggiò il palmo della sua manona sulla spalla e lo guidò lungo il corridoio, stranamente deserto, come il secondino che scorta il condannato nel braccio della morte.

– Cosa vuole la preside? – riuscí a dire Yoghi, cercando di deglutire quel po' di saliva che gli era rimasto in gola.

– La preside non c'è, ti vuole la prof Robelle.

Quando vide la prof di matematica con l'espressione seria, seduta nella grande poltrona di pelle, con accanto entrambi i suoi genitori, Yoghi capí che per lui era finita. Sua madre aveva quell'espressione impaurita che anche lui sentiva stampata sul suo stesso viso.

– Siediti Matteo, – sibilò la serpe travestita da donna, con un sorriso piú finto dei carri armati del RisiKo. – Assieme ai tuoi genitori stavo cercando di capire il perché del tuo recente comportamento. In poche parole perché mi hai sputato in testa dalla finestra della Biblioteca.

In quel momento il cervello di Yoghi si spense definitivamente. Gli entrarono dalle orecchie solo alcuni brandelli di conversazione, a tratti, come un lampione stradale che lampeggia, prima di finire la sua vita elettrica.

– Mi hai sputato in testa, volontariamente, in agguato dalla finestra, Biblioteca, testimoni affidabili che hanno riferito, atto vile, a una sua docente, vergognoso, vigliacco, congiura del silenzio, forse complici, confessare, condannare, sospensione, bocciatura, fine anno scolastico, punizione, matematica, punizione, sospensione, punizione, nota preside, punizione, punizione...

Poi semplicemente non sentí piú nulla per alcuni minuti. Rimase a guardare le bocche degli adulti che si aprivano e si chiudevano.

A un certo punto suo padre riuscí a interrompere il flusso di parole della donna e chiese al figlio: – Matteo, ma sei stato tu?

Yoghi fece di sí con la testa e sua madre, sul punto di scoppiare a piangere, gli chiese con un filo di voce: – Ma perché hai fatto una cosa del genere?

Prima che lui riuscisse a rispondere con una frase comprensibile, qualcuno bussò alla porta. Una signora con dei ridicoli occhiali arancioni appuntiti agli angoli si avvicinò alla scrivania, tenendo davanti a sé un fascio di libri, giornali e un blocco.

Inciampò contro qualcosa d'invisibile e miracolosamente riuscí a fermarsi, mentre una penna e forse una matita si perdevano sotto alla scrivania.

– Ecco la nostra psicologa scolastica. Signori, adesso vi lascio nelle sue mani esperte, affinché possiate trovare una soluzione –. La prof Robelle si alzò dalla poltrona della preside e sparí, senza degnare Yoghi nemmeno di uno sguardo.

Bruno si alzò per porgere la mano alla nuova arrivata. – Piacere, lei è la mamma di Fiacca, cioè di Mattia.

– Ci conosciamo? – chiese la psicologa, scossa per la perdita della penna e per l'aver appena scoperto che il suo unico figlio aveva un soprannome simile.

– Mattia e Matteo giocano nella stessa squadra, sono compagni, – riuscí a dire Bruno, con un certo senso di sollievo nella voce.

– Matteo, perché hai sputato in testa alla prof di matematica? – chiese di nuovo sua madre, incredula e spaventata dall'enormità del gesto.

– Signora, le domande le faccio io. Perché secondo voi vostro figlio ha sputato in testa alla prof di matematica?

I due genitori, confusi e con un leggero senso di colpa, si guardarono reciprocamente negli occhi.

– Ecco, è quello che vorremmo capire. Siamo qui proprio per questo, perché i nostri figli non ci hanno mai dato... – tentò di spiegare Bruno.

– Avete un altro figlio, o peggio ancora una figlia?

– Un figlio, Tommaso... – Questa volta fu la mamma a cercare d'intervenire.

– Magari è anche il piú piccolo. E i due litigano per avere le attenzioni della mamma, – incalzò la psicologa. – Hanno litigato, di recente?

– Be' sí, – iniziò Bruno, – abbiamo un secondo figlio e da qualche tempo litigano un poco, come è normale tra fratelli. Pensi che l'altro giorno lo hanno fatto per una maglietta, ma tutte cose cosí, senza importanza...

– Non ho chiesto a lei, signore, stavo parlando con sua moglie –. La psicologa estrasse da dietro un orecchio un'altra penna a sfera e con un gesto rigido aprí il blocco che teneva in mano.

– Sí, litigano, ma tra pochi giorni ognuno avrà la sua stanza e quindi... – riprese la madre di Yoghi.

– Ah, separazione di stanze. Interessante, un allontanamento, una divisione, una perdita. Signora, quando ha smesso di allattare il suo primogenito?

A quel punto della conversazione Yoghi preferí guardare fuori dalla finestra, riservandosi di chiedere informazioni a Fiacca, in un secondo momento, mentre sua madre si perdeva in calcoli a memoria.

La psicologa non smise di fare domande e di prendere appunti per tutta la durata dell'incontro.

Finalmente decisero di salutarsi e Yoghi assunse una perfetta espressione da bravo ragazzo, che però l'altra ignorò completamente.

– Dottoressa, grazie allora, – bisbigliò sull'orlo di un pianto isterico la madre, porgendole la mano tremante.

– Non dimenticate che la punizione deve essere immediata e chiara: niente piú hockey per almeno due settimane e, quando mette a letto il piú piccolo, dedichi qualche minuto anche a

Matteo. Magari lo pettini o gli spazzoli i capelli, – precisò la psicologa, chinandosi a cercare la prima penna, misteriosamente scomparsa, e decretando con questo gesto la fine del colloquio di terapia famigliare.

Il terzetto scese i pochi gradini che portavano al parcheggio laterale, dopo aver attraversato i corridoi vuoti e abbandonati da studenti e insegnanti.

– Bruno, ma ti rendi conto di quanti errori abbiamo fatto con Matteo e Tommaso? – bisbigliò la mamma di Yoghi, stringendosi al braccio del marito che cercava nelle varie tasche dove potesse aver ficcato le chiavi dell'auto.

– Non vorrai pettinarmi sul serio, vero? – chiese Yoghi, decisamente allarmato.

– Matteo, adesso sali e chiudi lo sportello, – ordinò suo padre, quando finalmente riuscí a far scattare la chiusura centralizzata. – Un errore lo abbiamo fatto di sicuro: venire a parlare con questa matta, su invito di un'altra odiosa. Le avrei sputato addosso anch'io, credimi. Hockey?! La psicologa non sa nemmeno che sport fa suo figlio e spiega a noi cosa fare con i nostri. A casa parlo io con Matteo e da questa non ci torniamo piú. Fino alla fine del mondo. Amen.

## XIX
## Molly in derapata

*Non importa se corri su due piedi o scivoli su due ruote. Quello che ti esplode dentro è solo la traiettoria pulita e precisa che dài tu a quella palla: dalle tue dita al cerchio di ferro. È sempre e soltanto magico basket.*

[da *Me lo dico da sola* di Molly]

Non è facile decidere chi entrò per primo in campetto, se Fiacca aggrappato alla carrozzina, o Molly che cercava di correggere la traiettoria per non finire contro il muro di mattoni. Entrambi stavano urlando «largo!» e Gioba dovette scartare velocemente di lato per evitare di essere travolto.

– Si era detto che ognuno correva per sé, – protestò Molly. – Non vale salire sulla mia carrozzina. Questo è barare.

– Non serve discutere, mi stavi ostacolando. Sono arrivato primo, lo può testimoniare tuo fratello e persino il mio grande amico Sédar, che fa finta di tirare a canestro –. Fiacca indicò uno dei due play degli Sharks, tutto assorto in un giro di solitario.

– Non voglio essere coinvolto nelle vostre discussioni, non riesco a concentrarmi, – si lamentò.

– Facciamo un due contro due? – propose Fiacca.

– Tre contro tre, – dissero Grinta e Checco, sbucando in quel momento.

– Ci siamo appena fermati a guardare una partitella di calcio. Ma ci pensate che appena l'anno scorso la gloria sportiva di Porto Vecchio era affidata a quelli là? A gente come Frego, Veleno e Ciccio? Vengono i brividi –. Grinta sistemò vicino alla rete l'antologia d'italiano e un quaderno dagli angoli rovinati.

– Grinta, ma quel quaderno lo mordi quando va male un'interrogazione? – scherzò Molly, ruotando perplessa intorno ai nuovi arrivati.

– Te l'ha detto Fiacca? Non sai proprio tenere un segreto, eh? – si arrabbiò Grinta. – L'ho morso una volta sola, quando mi ha chiesto quel poeta morto di cui non mi ricordavo il nome.

– Pensa a giocare, Grinta, lascia perdere i poeti. Guarda qua il famoso gancio-Fiacca.

L'amico si mosse verso destra e, prima d'iniziare il salto, portò la palla piú in basso del fianco per prendere uno slancio potente.

– Buffone, ma chi vuoi impressionare, –

commentò Molly, mentre Sédar recuperava la palla che aveva mancato anche il tabellone. – Sei partito da troppo lontano.

Il gancio di Sédar andò piú vicino al canestro, ma anche in quel caso la retina non venne nemmeno sfiorata.

Molly con uno scatto raggiunse il bordo del campetto, frenò all'ultimo momento, prima di schiantarsi contro la rete metallica, compiendo una curva molto stretta, e avvicinò con una mano la palla alla ruota, in modo da farla risalire e stringerla per il tiro.

– Non ho ancora capito come riesci a recuperare la palla cosí, ma il tuo gancio non è poi molto meglio del mio, – disse Fiacca.

– Osservare, prego, – disse Checco, infilando una palla dal post basso.

– Bravo, cosí son capaci tutti, – protestò Gioba, prima di far partire un gancio cielo, completamente a vuoto, ma con una forza tale che quando piombò al suolo emise una specie di boato.

– Modera la tua forza, fratellone.

– Sí, o al prossimo passaggio in campo ne ammazzi un paio dei nostri, – commentò Sédar, che si era messo prudentemente al riparo.

Finalmente le chiacchiere si spensero e la partita a tre ebbe inizio. Fiacca, Molly e Grinta si trovarono a fronteggiare gli altri, con alcune difficoltà di organizzazione in campo.

Fiacca era troppo spaventato dai movimenti di Molly e pensava piú a mettersi in salvo che a ricevere assist sotto canestro.

– Ma se scappi via, quando riusciamo a segnare? – si lamentò lei.

– Ma se cerchi d'investirmi, come faccio a stare rilassato? Stai cercando di vendicarti per la corsa? Preferisco che tu faccia passaggi lunghi, niente consegnati. Okay?

Molly sbuffò e cominciò a giocare su Grinta, che sembrava non aver paura di niente.

– Qualcuno fermi il piccoletto, – scappò detto a Sédar, dopo che il loro vantaggio si era ridotto a soli due punti a causa delle incursioni degli avversari.

– Un piccoletto lo sa fare questo? – chiese ironicamente il Grinta, dopo aver stoppato un assist di Gioba.

– Grinta, gasati di meno, era il passaggio che non andava. Gioba, se il coach ti vede fare una cosa del genere in campo, ti ammazza di suicidi –. Sédar cercò di riprendersi dal brutto colpo, ma venne ostacolato da Molly e poi bloccato definitivamente da Fiacca, che si mise a urlare: – Passi!

– Ma quali passi, – protestò Sédar. – Avevo il piede perno inchiodato.

– Passi, passi. Non hai fatto in tempo a fermarti e sei scivolato di lato –. Grinta prese il pallone e si mise a bordo campo. In quel preciso istante il suo cellulare, abbandonato accanto al libro, si animò, emettendo una serie di suoni che ricordavano il grufolare di un maialino.

– Oh, scusate, questo è Yoghi che chiama. Chissà quale scusa tirerà fuori stavolta... – Grinta si mise il pallone sotto al braccio e raccattò il telefono.

– Ehi, lasciaci la palla! – gli urlò Sédar, ma la faccia di Grinta si era fatta di pietra, e dopo poche frasi chiuse la telefonata.

– Yoghi non viene al campetto e... – riuscí a dire Grinta.

– Cosa gli è capitato? Deve studiare, come l'altra volta? – sbottò irritato Fiacca.

– ... non verrà all'allenamento e nemmeno alla partita contro le Rapida, – finí il Grinta, con un'espressione spaventata. – Hanno scoperto che ha sputato in testa alla prof di matematica.

– Ah, voi Sharks fate cosí, per evitare le interrogazioni? – provò a scherzare Molly, ma Grinta sembrava non ricevere.

Fiacca gli si avvicinò. – Ecco perché lo hanno chiamato dalla preside stamattina.

– Frego, Veleno e Ciccio lo hanno visto e hanno fatto la spia, – disse Grinta, lasciando andare la palla per mettere via il cellulare.

– Quei tre hanno fatto qualche altro nome? – continuò Checco, che aveva saputo che l'idea dello sputo al bersaglio era stata di Grinta. – Magari il tuo?

L'altro fece di no con la testa.

– Yoghi non aprirà bocca, vedrai, – lo rassicurò Checco.

Grinta non disse nulla, ma fissò negli occhi l'amico.

– Ma chi gli ha rifilato una punizione del genere? Niente partita! Povero Yoghi –. Fiacca, pur non avendo compreso bene quello che era capitato all'amico, non riusciva a crederci.

– Penso che il suggerimento sia venuto dalla psicologa scolastica, Fiacca. In altre parole: tua madre, – gli rispose il Grinta, mentre tutti gli altri lo fissarono in silenzio. – Anche se lei ha detto che per punizione doveva rinunciare all'hockey.

Fiacca ci rifletté su per un momento, poi concluse: – Se ha detto hockey, allora è stata proprio mia madre. Non sapevo facesse la psicologa per la nostra scuola.

Ormai tutti avevano perso la voglia di giocare e, dopo aver raccolto quello che avevano lasciato in giro, cominciarono a uscire dal campetto.

– L'ultima amichevole prima del campionato senza Yoghi, non è un buon segno, – brontolò Fiacca.

– Speriamo che arrivi un'amnistia, – commentò Gioba.

Grinta e Fiacca si disposero ai lati di Molly, senza dire nemmeno una parola.

Sédar, senza rendersene conto, sprofondò nei suoi pensieri. Si ripropose di telefonare a Stekko appena fosse rimasto solo. Ormai che la loro partecipazione alle selezioni regionali era cosa sicura, bisognava trovare il momento giusto per dirlo agli altri, specialmente se Yoghi avesse cominciato a mancare a qualche partita. Gli sembrava una cosa dovuta. In fin dei conti gli Sharks erano quanto di piú simile a degli amici lui avesse mai avuto. Da qualche parte, dentro di sé, sapeva che non voleva perderli.

# XX
# Nuovo schema

*Quando giocavo c'era un'ala grande, un tipo strano, che se ne stava sempre in silenzio. Non l'ho mai sentito lamentarsi per un risultato. Diceva sempre: «Solo perdere a zero è una sconfitta, ma se anche abbiamo fatto un solo punto, allora abbiamo giocato la nostra partita. Gli altri punti sul tabellone sono solo qualcosa in piú». Vorrei che fosse qui, adesso.*

[da *Pensieri di Otto* di Unico Allenatore Sharks]

Era la prima volta, nella storia degli Sharks, che Yoghi, invece di ingombrare la panchina con il suo ciuffo e i suoi grandi piedi, si trovava parcheggiato in tribuna, accanto a suo nonno, capo ultrà *ad honorem*. Stavolta, caso eccezionale, l'anziano tifoso aveva comprato, oltre al solito quotidiano per sé, una rivista a fumetti per il nipote. Poi si erano sistemati entrambi al centro esatto delle gradinate, non a destra né a sinistra, non in alto né in basso.

Quando gli Sharks, cambiati e pronti alla lotta, entrarono in campo per il riscaldamento, Yoghi li salutò sventolando il giornale arrotolato, mentre altri spettatori continuavano a prendere posto sugli spalti.

– Ehi, guardate dov'è spuntato quel ciuffone... ehi, Yoghi! – urlò Fiacca, mentre i due gemelli saltellavano al suo fianco per salutarlo.

Grinta gli lanciò quello che sembrava un silenzioso saluto militare, spostando nervosamente il peso da un piede all'altro, ma appena vide Bruno sistemare sotto alla panchina la cassetta del Primo soccorso, gli si avvicinò con una piccola corsa.

– Devo parlarti –. Grinta lo scosse per un braccio, finché non si voltò.

– Cosa c'è? Inutile che insisti anche tu, l'ho già detto a Stekko e a tutti gli altri: Matteo oggi non gioca. Punto.

– No, non è per questo. C'ero anch'io con lui, quando ha sputato alla prof, – confessò velocemente Grinta.

– Non so perché, ma la cosa non mi sorprende, – commentò tranquillo l'accompagnatore degli Sharks, sistemando le bottiglie d'acqua in modo che non intralciassero i cambi.

– Il fatto è che... era una specie di scommessa... tra noi...

– Anche questo non mi sorprende.

– Insomma non l'ha fatto apposta. È successo

per caso, doveva essere uno scherzo a Lev... – Grinta cercava le parole, mentre sentiva dentro montargli la rabbia per quella che ovviamente era una gigantesca ingiustizia.

– Lev lo sa che volevate sputargli in testa? – chiese Bruno, sorpreso.

– No, ma comunque lui capirebbe. Il fatto è che non volevamo centrare la strega... cioè io l'avrei anche centrata, ma non quella volta, non l'avevamo pensata cosí. Insomma è stata una sfiga, sarebbe piú colpa mia che di Yoghi. Cioè colpa della sfortuna e poi mia.

– Ascolta, Grinta. Grazie per la confessione. Ma oggi Matteo resta in punizione, perché ha fatto comunque una cosa stupida. Ancora piú stupida se l'ha fatta per dar retta a te. Capisci? Per le prossime partite ci penseremo, okay?

Bruno si voltò definitivamente e Grinta tornò sconsolato a fare i suoi giri di campo, lontano dagli altri, per smaltire la rabbia che sentiva dentro. Non era giusto che per colpa di uno sputacchio che aveva centrato il bersaglio sbagliato, gli Sharks perdessero uno dei loro giocatori migliori.

Sédar e Stekko in testa, stranamente affiancati, davano l'andatura al gruppo.

– Allora, oggi, alla fine della partita, diciamo a tutti dell'osservatore e degli allenamenti per i regionali. Okay? – chiese Sédar, controllando che Checco non li stesse affiancando.

– Sí, l'avevo pensato anch'io. In spogliatoio, alla fine della partita, davanti a tutti. Lo diciamo cosí, semplicemente, senza gasarci, va bene? – Stekko parlando salutò con la mano Checco che li stava fissando alcuni metri indietro.

– Okay, prima festeggiamo la vittoria sulle Rapida e poi avvertiamo tutti –. Sédar si concesse uno dei suoi rari sorrisi, prima di allungare l'andatura e staccare il compagno di squadra.

– Problemi con Sédar? – chiese Checco, raggiungendo Stekko con alcune falcate.

– Nessun problema fratello, va tutto okay, – gli sorrise, voltandosi verso di lui. – Piuttosto, è arrivato Lucio ma non vedo Otto. Sarebbe la prima volta che il coach è in ritardo a una partita: stavolta i suicidi se li becca lui.

– Il coach è col Presidente nell'ufficio. Non so di cosa stiano parlando... che abbia a che fare con Yoghi? – Checco mantenne l'andatura senza sforzo, sistemandosi la sottocanotta.

– Speriamo di no, – rispose Stekko, mentre Lucio li chiamava tutti sotto al canestro con due brevi colpi di fischietto.

– Pronti, ragazzi? Adesso vi voglio concentrati. Partiamo con l'esercizio di tiro da fermi che abbiamo visto all'allenamento e poi passiamo al tiro in movimento. Solite due file, avanti, avanti, senza perdere il ritmo –. Lucio sembrava un sole abbagliante, tanto agitava le maniche della sua tuta gialla.

Gli Sharks si voltarono verso l'entrata, alla ricerca del coach, ma al terzo colpo di fischietto si erano già divisi in due gruppi, pronti a provare qualche tiro. Le Rapida, nell'altra metà campo, dopo un po' di stretching, erano passate ad alcuni curiosi esercizi di riscaldamento, inframezzati da corsette di lato e strani salti.

– Si allenano per un saggio di danza, – commentò Checco, toccandosi il lobo dove era riapparso il piercing, coperto dal cerotto bianco.

– Non vi sembrano un po' troppo sicure, le ragazze? – chiese Grinta, dopo aver sbagliato il secondo tiro.

Fu mentre gli Sharks provavano i tiri in movimento che Otto, testa bassa e passo strascicato, fece la sua entrata in palestra, assieme al Presidente, e si fermò davanti al passaggio per le tribune. Quando l'avvocato Gibboni lo lasciò per andare a salutare gli arbitri, Lilian si avvicinò a Otto e, prima di tornare alla sua panchina, gli strinse una spalla con una mano.

Nemmeno quando l'arbitro fischiò l'entrata in campo dei due quintetti Otto si mosse: rimase invece appoggiato alla balaustra metallica, con lo sguardo che non fissava nessun punto in particolare e le labbra strette, come se gliele avessero cucite.

– Stekko, Fiacca, Pietro... tu sei Paolo o Pietro? Gioba e Grinta, dentro. Gli altri seduti, – ordinò secco Lucio, disponendo il quintetto davanti agli arbitri, di spalle alle ragazze della Rapida.

– Il coach non entra ancora in campo? – chiese Stekko, con una sfumatura di preoccupazione.

Lucio, davanti agli sguardi pensierosi della squadra, mimò una specie di sorriso, prima di parlare.

– Forza Sharks, oggi il vostro coach sono io. Facciamo un esperimento. Avanti ragazzi, ai posti.

Come se quella frase fosse arrivata fino all'angolo opposto, Otto si mosse verso la seconda fila delle gradinate e si sistemò accanto alla mamma e al papà di Anna Girella.

Non ci fu tempo per discutere ancora, perché l'arbitro chiamò a centro campo i due quintetti.

La partita stava per iniziare.

I cinque designati si avvicinarono titubanti al centro del campo, mentre la panchina restava in piedi, incerta, come se la partita non potesse cominciare senza Otto accanto a loro. Era una delle regole fondamentali del basket degli Sharks avere a portata i baffoni frementi e i «molto bene», conditi da qualche urlata tra le mani a megafono.

Persino la Mordecai sembrava spaesata e mandò distrattamente in campo Silvia e Rebecca, seguite dalle due Anna. Solo quando l'arbitro le lanciò un'occhiata perplessa, fece un cenno a Ylena di andare a completare il quintetto delle Rapida.

– Ma che è successo a Otto? – chiese Stekko, mentre Fiacca e Grinta si limitavano a sollevare le spalle.

Il fischio dell'arbitro li fece piombare dentro al gioco e l'istinto ebbe per qualche minuto il sopravvento.

Silvia, spalleggiata da Ylena, arrivò come un diretto in area e, senza guardare nessuno, serví un assist perfetto a Rebecca che segnò il primo canestro della partita.

Non rimase figlio unico per molto tempo, perché dopo aver rubato palla durante un'incomprensione tra Gioba e Grinta, Ylena segnò il secondo e Silvia il terzo.

Alla fine di un'azione confusa nel pitturato avversario, Stekko riuscí a servire fortunosamente Fiacca, che infilò una via di mezzo tra un gancio e un passaggio a campana.

Da quel momento, per tutto il primo quarto, gli Sharks non segnarono piú e le loro azioni offensive superarono con difficoltà la metà campo. Stekko, diviso tra le occhiate che lanciava a Otto in tribuna e quelle che fingeva di non mandare a Silvia, era il play piú confuso che si fosse mai visto. Non solo non riusciva a organizzare i suoi, ma faticava persino a prendere i passaggi di Pietro e Grinta.

Checco intanto si agitava in panchina, e non solo per il gioco dei compagni. Approfittando di uno spostamento di Lucio che si era inginocchiato a bordo campo per lo sconforto, dopo una bombardata di Gioba, si avvicinò a Bruno.

– Quando arriva il coach? – chiese con il tono di voce di un serpente infuriato.

– Checco, oggi il coach è Lucio. Otto si riposa in tribuna. È un esperimento, – rispose il papà di Yoghi, tenendo ostinatamente lo sguardo in campo.

– Tu lo sapevi già, vero?

L'uomo si voltò, per fissarlo negli occhi.

– Sí, sapevo di questo... esperimento, – borbottò, riportando subito l'attenzione al gioco.

– Perché nessuno ci ha detto niente? – Il sibilo da serpente non si era addolcito.

– Perché è cosí che andava fatto. Chiedilo al Presidente –. Stavolta Bruno non si voltò nemmeno.

– E che altre novità ci sono?

– Uffa, Checco, seguiamo la partita adesso, che siamo messi veramente male –. L'accompagnatore degli Sharks si alzò in piedi e si avvicinò alla linea del campo.

Nel secondo quarto rimasero dentro gli stessi ragazzi, eccetto Stekko che venne sostituito da Sédar.

– Ma che gli prende a questi? – si chiese Lucio a mezza voce, guardando il viso lungo di Bruno. – Non sanno piú giocare?

Gli Sharks arrivarono all'intervallo lungo con 6 miseri punti, mentre le Rapida avevano raggiunto un piú che onorevole 20.

Con la scusa di andare a bere, Checco schizzò tra gli spalti, schivò alcuni genitori delusi, armati di commenti sarcastici sul gioco degli

Sharks, e raggiunse Otto per Otto che si era appena sottratto alle domande di Yoghi, proprio prima della coda per la macchinetta automatica del caffè.

– Coach, cos'è questa storia? Perché non è giú con noi? – sputò fuori Checco, per niente addolcito dalla corsa appena fatta.

Otto aprí la bocca, ma non uscí nemmeno un «molto bene».

– Di che esperimento si tratta? – continuò, alzando il tono di voce.

– Un esperimento di gioco, un gioco nuovo... siete cresciuti, dovete provare nuovi schemi, molto bene. Poi non ci possono essere troppe persone e ce ne sono già due. Ne parliamo a partita finita, negli spogliatoi –. Otto cercò di sottrarsi all'attacco di Checco.

– Non mi sta dicendo la verità, coach. È per sempre questo cambio con Lucio?

Otto si era già voltato e stava ritornando a sedersi al suo posto, senza prendere il caffè.

– Quella volta dell'incendio, io la verità a lei l'ho detta, coach, – urlò Checco alla schiena che si allontanava.

Incredibilmente il corpo da orso di montagna ruotò su se stesso e riapparvero i baffoni, che si fecero vicinissimi allo sguardo infuriato di Checco.

Otto lo abbracciò, rapido come afferrare un salmone in un torrente.

– A fine partita ti spiego tutto. Adesso pensa a giocare, a giocare bene. Voglio essere orgoglioso di te. Mostrami tutto quello che hai imparato in questi mesi.

## XXI
## Quello che si impara si può anche dimenticare

*Quando si perde malamente una partita, persino lo spogliatoio puzza di qualcos'altro, oltre che di sudore e di vecchie scarpe. Quando si perde qualcosa di importante poi, tutto il mondo comincia ad avere quella stessa puzza.*

[da *La puzza della fine* di Checco]

La panchina si era popolata di nuovo e Yoghi, dal suo posto accanto al nonno, urlò a Checco di sbrigarsi.

– In campo con gli altri, accidenti a te. Dov'eri sparito? – Lucio agitò il suo piccolo bloc notes rilegato in pelle sotto al naso del ragazzo. Poi lo mandò a raggiungere Sédar in campo con Paolo e Tecno.

– Se te la senti di giocare bene, ti faccio rientrare, altrimenti per oggi lasciamo stare –. Lucio si voltò verso Stekko che si precipitò accanto agli altri.

– Io quando gioca? – Lev gli si avvicinò, ma l'altro gli fece cenno di tornare a sedersi.

Nella ripresa fu Sédar a prendere in mano il coordinamento della squadra, anche se faticava a coinvolgere Stekko e Checco, malgrado non si fermassero mai. In campo solo Tecno sembrava aver mantenuto la concentrazione necessaria: il ferro si ostinava a risputare i suoi tiri, ma lui si faceva sempre trovare in posizione, libero e pronto.

Immobili in uno snervante 20 a 6 che umiliava gli Sharks, Sédar decise di sorprendere la difesa delle Rapida. Trovandosi con la palla in mano e una specie di corridoio svuotato di avversari, partí diretto in attacco, da solo, palla al piede e sguardo ispirato. A due passi dal pitturato, dove lo attendevano Silvia e Ylena, staccò un tiro da tre, anche se la posizione di arresto non era perfetta.

La palla colpí l'angolo in basso a sinistra del tabellone e rimbalzò fuori, a meno di un metro dalle mani vuote e pronte di Checco, che lo guardò sbalordito.

– Cos'è, pensavi di essere al circo? Secondo te cosa ci facevo qua con le mani avanti? – Checco gli si avvicinò minaccioso, ma Sédar cominciò a ritornare in difesa. – Ehi, NBA, che tiro era questo? Non stai giocando da solo, – gli urlò da lontano Checco.

– Se devo fare tutto da solo, gioco da solo, – ringhiò Sédar, mettendosi in posizione per affrontare l'attacco delle Rapida.

– Checco, torna in difesa, – urlò Stekko, un attimo prima che Silvia gli piombasse davanti per andare a canestro.

Da quel momento, per tutto il terzo quarto, gli Sharks si limitarono a subire gli attacchi delle ragazze, mentre Checco e Sédar sembravano impegnati in una sfida personale di triple, che andavano tutte miseramente a vuoto, una dopo l'altra, tra le grida di disapprovazione del pubblico e i consigli urlati da Yoghi. Persino Molly, che si era sistemata da pochi minuti sotto le tri-

bune, si mise a imprecare e a saltare sulla sua carrozzina, muovendosi nervosamente avanti e indietro.

Lucio, che non aveva capito nulla di quello che stava accadendo in campo, cercò di rimediare, a modo suo.

Subito dopo un passaggio sbagliato tra Stekko e Tecno, impegnati a cercare di ricompattare la squadra, vennero entrambi sostituiti da Gioba e da un Grinta piú nervoso che mai.

– E io, quando è che entra? Non gioca mai, – si fece di nuovo sotto Lev, con lo sguardo imbronciato, senza ricevere nessuna risposta.

La sagra delle triple mancate ovviamente non finí là, ma ebbe come contorno un naso a naso tra Grinta e Sédar.

– Cosa mi hai urlato, nano? – ringhiò Sédar, puntando dritto verso Grinta che sparava parolacce dal post basso.

– Ascolta, lampione, sforza i tre neuroni che hai ancora vivi lí dentro e chiedi al criceto che ti abita il cervello: perché tutti i miei compagni stavano qua a chiamare palla? Avevi tutte le Rapida addosso e hai voluto lo stesso provare un gancio che neanche da solo al campetto riesci a fare.

– Non sei tu che mi dici quando tirare... – provò a difendersi Sédar, oltrepassandolo e tornando sotto canestro, dove lo aspettava Checco, piú furioso che mai.

– Eccolo, il campione delle baracche. La tripletta l'hai solo sognata e adesso ti brucia, eh?

– Parla per te. Cos'è, dài fuoco al canestro se non te la passo? – Sédar, malgrado Anna avesse già tentato due volte di tirare a canestro, sembrava completamente disinteressato al risultato della partita e tutto preso dalle discussioni in campo. – Vieni qua a dirmelo che ti prendo e ti annodo quelle braccettine.

Quando furono a portata, i due si diedero una spallata che difficilmente poteva essere scambiata per accidentale.

Fu indispensabile la discesa in campo di Bruno, mentre l'arbitro, mandato allegramente a quel paese dai contendenti, continuava a fischiare falli tecnici.

Lucio, quasi in preda a una crisi di nervi, richiamò tutti in panchina e poi li cacciò direttamente a cambiarsi, lasciando in palestra Pietro, Paolo e Tecno, mentre un Gioba spaventatissimo guardava Stekko in cerca di spiegazioni.

– Ecco, Gioba, questo è il lato peggiore degli Sharks. Tutto per te, tutto in un colpo solo.

– Ma Stekko, non è possibile perdere cosí... arrabbiarsi cosí... siamo una squadra... – Gioba non sapeva se guardare la faccia sconsolata di Stekko o il punteggio desolante che appariva sul tabellone.

– Me ne vado via da questa manica di matti, – disse Sédar, un po' rivolto a Stekko, un po' alla bottiglia d'acqua che aveva appena afferrato. – Li lascio nel loro schifo.

Quando il gioco riprese Otto era sparito dal suo posto, Yoghi e suo nonno si erano stretti accanto a Molly, increduli di fronte allo spettacolo vergognoso appena visto in campo. Solo la mamma di Tecno, aggrappata alla ringhiera delle gradinate, inveiva ostinatamente contro l'arbitro.

L'unico momento degno di nota fu quando Gioba riuscí a ricevere un buon assist da uno dei due gemelli (a fine partita entrambi cercarono di prendersi il merito) e fece partire una buona parabola. Un po' troppo di forza forse, tanto che il tabellone rimbombò, ma sufficientemente precisa da finire dentro.

Quando però alzò gli occhi verso il tabellone, si accorse che nessuno degli arbitri di tavolo aveva pensato di segnarlo e pochi minuti dopo, appena suonata la sirena, il custode tolse la corrente a tutto, luci e tabellone, decretando la fine della giornata.

– Tranquillo Gioba, questo tiro vale tutta la partita. Bravo –. Stekko gli diede una stretta alla spalla, prima di infilarsi in spogliatoio di corsa, preoccupato di come Sédar potesse dare la notizia della loro presenza ai regionali, sotto l'effetto di una rabbia del genere. Svoltando nel corridoio buio incrociò lo sguardo di Silvia, quasi sulla porta, ma fece finta di nulla.

## XXII
# Tra panche e panchine

*Regola uno di Sharks: tutti giocano sempre, almeno di poco.*
[da *Le tavole della legge* di Lev]

Yoghi era già dentro, piantato in mezzo allo spogliatoio come un arbitro nell'arena dei gladiatori. L'aria che si respirava era quel misto di sudore e odio che precede un grande assalto alla baionetta. Sédar, in un angolo, voltava sprezzante la schiena ai suoi nemici, apparentemente assorto nei preparativi per la doccia.

Grinta continuava a parlare della partita, ma nessuno lo stava realmente ad ascoltare, mentre Checco si era chiuso in un silenzio che non prometteva niente di buono.

– Allora vado io, se non ci va nessuno, – propose Tecno, guardando le due docce vuote. – Mi sono appena tolto le lenti.

Sédar, senza dire nulla, gli passò davanti e fece scorrere il getto d'acqua, aspettando che diventasse calda.

– Perché, tu pensi che sia finita qui? Illuso –. Grinta parlava, in mutande sopra alla panca, rivolgendosi alla schiena del compagno di squadra.

– Dacci un taglio, Grinta, e mettiti seduto, – intervenne Yoghi, seriamente preoccupato per quello che aveva visto in campo.

– No, no, lascialo parlare, una volta tanto che ha detto una cosa giusta, – aggiunse Checco, dal suo angolo.

– Abbiamo perso da schifo, questa è la sola verità, – urlò Yoghi.

– Vallo a raccontare ai maestri delle triple, – lo rimbeccò Grinta.

– Ehi, adesso ce l'hai con me? – Checco uscí dall'angolo, puntando verso il Grinta.

In quel momento la porta si aprí e Otto fece il suo ingresso, in un improvviso e totale silenzio. – Penso di dover dire due parole a tutti voi. Molto bene.

Tecno uscí a metà dalla doccia, con la testa insaponata, cercando con una mano gli occhiali nella tasca dell'accappatoio.

Si sentiva solo lo scrosciare dei due getti d'acqua e i colpi di tosse del coach.

– Oggi io non sono sceso in campo con voi, ma ero sugli spalti a tifare Sharks. Avrei molte cose da dirvi sulla partita di oggi, ma ve ne parlerà il vostro allenatore. Molto bene. Sí, perché io da oggi non vi allenerò piú.

23

Sédar chiuse con un rapido movimento della mano l'acqua fumante della doccia, mentre Tecno annaspava attorno alla sua manopola.

– È una decisione presa dalla Polisportiva. Molto bene. Pensavo ci fosse piú tempo, invece da oggi io sarò l'allenatore della squadra dei piccoli e voi sarete gli Sharks Oro. Ma questo ve lo spiegherà meglio il Presidente. Non sono molto bravo con le parole. Volevo però salutarvi e ringraziare tutti voi...

La frase di Otto venne interrotta dall'uscita improvvisa di Checco che, afferrata la sua roba e la borsa, si era lanciato a testa bassa fuori dallo spogliatoio.

Ci sono delle sere di settembre in cui l'aria di colpo diventa piú fresca e si alza un vento che arriva da chissà dove, per cacciare via quello che ancora rimane dell'estate.

Quella sera il vento soffiava un po' piú forte del solito e dell'estate sembrava restasse veramente poca cosa.

Stekko occupava quasi interamente una delle panchine davanti alla Biblioteca.

Pensando a come era andata la partita del pomeriggio, leccava il suo gelato, ma non gli sembrava piú cosí buono come nei giorni precedenti. O Vito aveva cambiato fornitore, oppure qualcosa ne aveva rovinato irrimediabilmente il sapore.

– Secondo voi perché il gelato non ha piú lo stesso sapore, stasera?

Grinta lo guardò dalla panchina vicina. Il suo cono era ormai scomparso. – È colpa della scuola. Appena inizia l'anno scolastico, ogni cosa si rovina. Però il mio gelato non era male.

– Guardate cos'è capitato a Yoghi, – intervenne Fiacca in piedi, osservando una macchia che poteva essere cioccolato sul ginocchio dei jeans. – Colpa della scuola.

– Anche colpa di Frego e degli altri due. Bisogna dare una lezione a quei tre spioni –. Grinta si pulí entrambe le mani sul tronco liscio di un alberello. – Non possono passarla liscia.

– È colpa di tua idea che sputare su mia testa, – disse Lev, che aveva appena sentito tutti i particolari sulla vicenda dello sputo. – Quei tre sempre stati stupidi: non è di novità.

– Ti ho chiesto scusa e poi non ti abbiamo nemmeno preso, quindi ritiro le scuse. Dobbiamo vendicarci –. Grinta, abbandonato il tronco dell'albero, cominciò a gesticolare. – Dobbiamo fare qualcosa, subito.

Stekko, desideroso di cambiare discorso prima che si scaldasse troppo, si voltò verso Gioba. – Hai deciso qualcosa per l'acquario?

– Mi piacciono i tuoi pesci, mi diverte stare a guardarli –. Gioba sembrava intensamente concentrato. – Ogni quanto bisogna cambiare l'acqua?

– All'acqua ci pensa il filtro, tu non devi fare niente, – rispose Stekko. Non era proprio cosí, ma decise che doveva farla sembrare una cosa semplice, altrimenti Gioba non si sarebbe mai deciso.

– Un acquario? Te lo meriti: con quel tiro avresti vinto di sicuro almeno due pesci rossi, – commentò Fiacca.

– Il tiro finale di Gioba è stata una delle poche cose belle della partita di ieri, – disse Stekko.

– Molto meglio di tutti quei tentativi dai tre punti, – si lamentò Grinta, dispiaciuto che non ci fossero né Sédar né Checco, per continuare a litigare.

– Io non ho giocato, – si lamentò Lev, scuro in volto, stringendo lo stecco di legno tra i denti. – Nessuno pensa? Io sempre in panchina. Non è cosí che funziona con Sharks. A me allenatore Lucio non piace.

Tutti rimasero in silenzio, guardando le luci delle poche auto che passavano per la via principale, finché non arrivò l'ora di tornare a casa. Chi aveva la bici si diresse verso la rastrelliera, con le chiavi dei lucchetti in pugno, mentre Stekko e Gioba si avviarono a piedi verso casa.

– Mercoledí Otto comincerà ad allenare gli Sharks Rossi. Lo sapevi? – Gioba parlando guardava un sacchetto di plastica che il vento aveva incastrato nella siepe.

– Secondo te Otto tornerà con noi? – chiese Stekko.

– Come faccio a saperlo: sono appena arrivato. Molly dice che queste sono decisioni che prendono i dirigenti. Secondo me lui non può decidere. Quante volte mangia un pesce?

– Una volta al giorno e un giorno alla settimana sta a digiuno, – rispose Stekko. – Ci sono state troppe novità in questi pochi giorni e non ce n'è nemmeno una che mi piaccia del tutto. Ho tante cose in testa.

Stekko ripensava a Silvia, che non aveva risposto ai suoi sms perché se ne stava al bar con quel tipo. Alla chiamata dell'osservatore e allo strano comportamento di Sédar. Soprattutto aveva nella testa Otto, che non sarebbe piú stato accanto agli Sharks.

– Secondo me, se tutti lo vogliamo veramente, Otto torna con noi, – disse Stekko, emergendo improvvisamente dalle sue riflessioni.

Camminarono fianco a fianco ancora un poco, entrambi immersi in pensieri silenziosi che non potevano condividere. Stekko era contento che Sédar non si fosse fatto vivo quella sera: avrebbe tirato fuori la faccenda dei regionali e non sarebbe stato un bene, in un momento cosí brutto per gli Sharks. Ci sarebbe stata un'altra occasione. Non era nemmeno convinto che la convocazione gli facesse cosí piacere come aveva creduto al *Basket Camp*.

Gioba stava pensando a come proporre ai suoi di prendere un acquario e a dove metterlo. All'incrocio, prima di svoltare verso sinistra, alzò il braccio e urlò un saluto: – Non pensare troppo, Stekko. E va' a dormire.

– A domani, Gioba.

Stekko imboccò una stradina male illuminata. Forse la cosa migliore era proprio dormirci un po' su e tutto si sarebbe risolto.

All'improvviso si rese conto che qualcuno lo stava seguendo. Accelerò, senza guardarsi alle spalle.

Il rumore di passi si avvicinava sempre piú. Arrivato davanti all'edicola chiusa, Stekko si voltò di scatto e vide Silvia che lo aveva quasi raggiunto.

## *Ringraziamenti*

*Ci sarà un modo per dire grazie alle ragazze e ai ragazzi che mi hanno insegnato un altro modo di giocare a basket e di guardare la vita? Io non l'ho ancora trovato, però sorrido sempre quando penso a Melania, a Elia e a tutti gli altri del Millennium Basket di Padova.*

# Breve glossario

*(Giusto per riuscire a fare una chiacchierata minima con Otto per Otto e capirci qualcosa.)*

ALA. Uno dei ruoli in campo. Si può parlare di ALA PICCOLA, che aiuta andando a rimbalzo, e ALA GRANDE, che sta vicino a canestro, ma nelle file degli Sharks non è molto chiaro cosa debbano fare di diverso da tutti gli altri. Quindi andiamo avanti.

ALLEY OOP. Un giocatore lancia la palla in alto, verso il ferro, ma senza mirare a canestro, per permettere a un compagno di saltare, afferrare la palla al volo e schiacciare. Quando riesce è una cosa spettacolare. Quando non riesce ci fa capire che non siamo in NBA.

ALL STAR GAME. Non si può perdere la partita delle stelle! I giocatori dell'NBA piú votati dal pubblico si affrontano, a metà del campionato. Fiacca è convinto che un giorno potrebbe esserci anche lui tra i dieci votati.

Anticipo. Quando un giocatore cerca d'intercettare la palla su passaggio avversario, anticipando le mosse di chi riceve il passaggio. L'anticipo è buono anche se la palla finisce fuori, perché interrompe l'azione dell'altra squadra.

Assist. La palla viene passata a un compagno che va a canestro. In poche parole, è quello che un buon play fa continuamente, per permettere ai compagni di tirare e coprirsi di gloria. Un cattivo play fa invece degli assist che permettono agli avversari di coprirsi di gloria.

Blocco. Un giocatore ostacola o impedisce il movimento di un avversario senza palla verso un punto del campo. Si può fare per aiutare un compagno a togliersi di torno un avversario che lo sta marcando. Ci sono piú tipi di blocco, ma non è che adesso ve li devo spiegare proprio tutti!

Canestro. È quell'anello di ferro che sta a 3,05 metri di altezza ma che spesso, dal campo, sembra assolutamente irraggiungibile.

Centro. Gioca nel cuore dell'area, dando le spalle al canestro.

Coach. «Il mio nome è Otto, Otto Spada». Avete presente James Bond? Solo che lui lo potete chiamare anche Otto per Otto. E, ovviamente, coach.

DIFESA A UOMO. Quando la squadra è in difesa e ogni giocatore deve controllare un solo avversario: il proprio.

DIFESA A ZONA. Qui i giocatori in difesa si preoccupano di controllare una zona del campo intorno al proprio canestro e di difenderla. Con questo tipo di difesa si parla di 2-3, 3-2, 2-1-2 oppure 1-3-1. Ma ve li dovrei mostrare sulla lavagnetta del coach.

DOPPIO PALLEGGIO (DOPPIO). Quando un giocatore, dopo aver concluso un palleggio, prende la palla con una o due mani e poi ricomincia a palleggiare come se niente fosse.

DUNKIES, DUNKY, DUNK SHOT. Vedi SCHIACCIATA.

ENTRATA. Possiamo chiamare cosí il movimento di un giocatore che entra con la palla nell'area avversaria. Se la difesa non è già allertata, è il momento di svegliarsi.

FALLO. Un fallo è un'infrazione a una delle regole del gioco per quanto riguarda il contatto personale con un avversario, e ovviamente un comportamento antisportivo. Vengono segnalati dall'arbitro e contati, al quinto si esce. Il FALLO TECNICO viene fischiato quando il giocatore protesta eccessivamente. Il fallo peggiore è quando un giocatore colpisce un avversario, senza cercare d'intercettare la palla (FALLO ANTISPORTIVO). Per il resto vai a vedere INFRAZIONE.

FINAL FOUR. Quattro squadre, provenienti da quattro diversi gironi di qualificazione, si giocano in tre partite il trofeo finale.

GANCIO. Controllando l'avversario con un braccio e il corpo, si tira in salto con il braccio opposto. Il pallone compie una parabola affascinante verso l'alto, prima di scendere a canestro. Se il pallone sale in verticale veramente tanto e scende docilmente verso il cesto, rendendo impossibile qualsiasi stoppata, è un gancio cielo e voi siete Kareem Abdul-Jabbar.

GUARDIA. È il giocatore che tendenzialmente va al tiro. Deve avere una buona percentuale di tiri efficaci, coraggio, intuito e tempismo.

HAND OFF (PASSAGGIO CONSEGNATO). Palla consegnata in mano a un compagno. Passaggio forse non molto spettacolare, ma sicuro, soprattutto quando c'è un certo affollamento di avversari.

INFRAZIONE. Qualsiasi cosa che un giocatore fa in partita che non rispetti le regole del basket e venga punita dagli arbitri. INFRAZIONE DI CAMPO, o CAMPO, quando si torna dietro alla propria metà campo difensiva con il possesso della palla. Viene punita perché il basket apprezza le persone prudenti, ma non ama i codardi.

INTERFERENZA. Il tiro a canestro è sacro! Non si deve toccare la palla mentre sta scendendo verso il canestro (parabola discendente) o appena ha toccato il tabellone. Bisogna che il tiro faccia il proprio corso.

Marcare. Controllare un avversario che è in attacco. Bisogna restargli vicino per impedirgli di ricevere un passaggio e andare al tiro. È per questo che di solito bisogna stare tra l'avversario e il canestro, non dall'altra parte, altrimenti lui scatta via e vi saluta.

NBA - National Basketball Association. Qualcuno ne ha già sentito parlare, immagino. La migliore lega professionistica del basket negli USA.

Passi. Quando un giocatore muove il piede perno senza aver prima palleggiato. È un'infrazione e si paga. Molto piú frequente di quanto si possa immaginare!

Playmaker. Il giocatore che ha questo ruolo fa un po' da allenatore in campo; è il regista della squadra. I compagni passano la palla a lui perché la porti verso il canestro avversario. Di solito lo si chiama semplicemente play.

Pressing. Un tipo di difesa molto... pressante, specialmente sull'attaccante con palla: il poveretto si trova a essere controllato da molto vicino e ha difficoltà a muoversi, a passare e a tirare.

Punti. La somma dei canestri (da 1, da 2, da 3 punti) determina il punteggio che compare sul tabellone.

QUINTETTO. I cinque giocatori in campo.

RIMBALZO. Si salta per prendere la palla dopo un tiro a canestro. Può essere difensivo, quando si è sotto al proprio canestro, o offensivo, quando si è in attacco.

RISCHIO Giocando a giro si può rimediare a un canestro mancato, annunciando «rischio» e ripetendo il tiro. Si rischia però di ricominciare da capo e perdere tutti i progressi fatti, se anche questo secondo tentativo non manda la palla nella retina.

ROOKIE. Esordiente allo sbaraglio. Chi gioca per il primo anno in NBA. L'anno dopo sarà un SOPHOMORE.

SCARICO. Quando un giocatore va in entrata e passa la palla a un compagno di squadra.

SCHIACCIATA (DUNKY, DUNKIES se sono piú di una, DUNK SHOT, SLAM DUNK). In salto si infila la palla nel cerchio, senza farle toccare il tabellone.

SFONDAMENTO. Quando un giocatore in attacco urta il difensore, che però deve essere bello immobile, racchiuso nel suo cilindro invisibile, senza braccia e gambe che sporgono. L'azione di sfondamento è spesso un'azione poco fluida oppure irruente.

SPACING. I giocatori in attacco devono mantenere tra loro una buona distanza (*space*) che permetta libertà di movimento e buona copertura delle zone. In poche parole: non si deve restare tutti ammassati da un lato, come se si fosse rimasti bloccati in ascensore. Ci vuole spazio, aria.

STOPPATA. Intervento difensivo di respinta del tiro avversario diretto a canestro. Detta cosí non sembra un granché, ma in realtà dà un sacco di soddisfazione colpire la palla appena uscita dalle mani dell'avversario.

SUICIDIO. Si corre, si tocca un punto del campo e si torna indietro. Prima la linea del tiro libero, poi la metà campo, l'altra lunetta e, finalmente, ultimo scatto fino a toccare il fondo campo e ritorno. Convincetevi che è un esercizio di corsa che serve a «far fiato» e non una punizione, lo sopporterete meglio.

TAGLIAFUORI. Letteralmente «tagliare fuori», escludere l'avversario dalla lotta al rimbalzo.

TAGLIARE. Di solito è un movimento fatto senza avere la palla, ma con la ferma intenzione di ottenerla. Serve ad anticipare il difensore e ricevere palla.

TEMPO SUPPLEMENTARE. Non sempre alla fine dei quattro tempi regolamentari una squadra è in testa. Si disputano quindi in caso di parità tanti tempi da 5 minuti quanti ne servono per capire chi ha vinto.

TERZO TEMPO. Il cosiddetto «tiro in corsa». È una tecnica che permette di tirare in avvicinamento al canestro avversario. Bisogna sincronizzare palleggio e passi.

TIME OUT. Minuto di sospensione, richiesto da uno degli allenatori per poter parlare con la propria squadra.

TIRO DA TRE. Un canestro fatto stando fuori dall'area avversaria vale 3 punti, non i soliti 2.

TIRO IN SOSPENSIONE - JUMP SHOT. Non si aspetta di ritornare coi piedi per terra, ma si tira mentre si sta volando.

TIRO LIBERO. Un canestro su tiro libero vale un solo punto. I tiri liberi vengono assegnati al giocatore che ha subito un fallo durante un tiro; li tira tranquillo, senza paura di essere disturbato dai difensori avversari, proprio dietro la linea di tiro libero.

TRASH TALKING. Una tattica psicologica per indebolire l'avversario durante una partita. Lo si prende in giro, mantenendo un'espressione seria e senza mai perdere la concentrazione nel gioco. Da usare con prudenza e solo in casi particolari.

WNBA - Women's National Basketball Association. Il basket professionistico femminile negli USA.

# Indice

## Partita fuori schema

## Basket League

*Due sotto canestro*
(Storie e rime 418)

*Gioco in difesa*
(Storie e rime 434)

*In trasferta!*
(Storie e rime 453)

*Tutti contro tutti*
(Storie e rime 462)

*Finale di partita*
(Storie e rime 478)

*Partita fuori schema*
(Storie e rime 487)

*Finito di stampare nel mese di febbraio 2013*
*per conto delle* Edizioni EL
*presso LEGO S.p.A., Vicenza*